2015

글길문학 42

글길문학동인회

▼ 2014년 12월 23일 글길문학동인회 송년회 및 41집 출판기념회

▲ 2015년 5월 21일 새마을문고 작품심사

▼ 2015년 9월 9일 글길문학 정모임

▲ 2015년 9월 18일 김용원 작가와의 만남

▼ 2015년 10월 7일 김용원 시화전

▼ 2015년 10월 23일 제 44회 관악백일장

▼ 2015년 10, 11월 글길문학 정기모임

2015

글길문학 42

글길문학동인회

발간사

글길문학 제42집을 발간하며

김용원 글길문학동인 회장

　　정신없이 2015년이 지나간다. 글길문학동인회를 시작하고 또 한해를 보내려고 보니 떨어지는 마지막 잎새를 부여잡고 있었다.

　늘 서투른 시간들이 낯선 시간들을 잉태하고 황무지에 나무를 심는 심정으로 우물을 준비했는지도 모릅니다.

　올 한해도 글길문학 동인님들께 깊은 감사와 갈채를 보내고 싶다. 신입회원들의 아름다운 흔적들, 피식 흐뭇한 미소가 지어집니다. 긴장하면 한해의 걱정이 사라지는 행복으로 글길문학 42집을 준비합니다.

　34년을 깊고 긴 우물이 마르지 않도록 지켜주신 회원님과 더욱 열정적으로 강의 해주시는 김대규 선생님께 감사드립니다.

　글길문학은 근로문학으로 시작하여 올해로 42집으로 우리 세상에

선보이게 된다. 조금은 부족하고 동인들의 걸음마하고 넘어지는 모습이 보여도 감사와 기쁨으로 아이처럼 세상 속으로 봄, 여름, 가을, 겨울을 맞이합니다.

모든 회원들의 고민과 또는 행복의 시간들이 아름다운 영혼으로 승화되어 꽃으로 지금은 열매로 인사를 드립니다. 내일이면 다시 서는 시간이 될 것입니다.

글길문학회 회장으로서 다시 한 번 자랑스럽고 감개무량 합니다.

어느덧 2015년 한해가 저물어 갑니다. 근로문학의 단단하고 큰 주춧돌이 있었기에 거친 물살에도 모진 비바람에서도 역경을 딛고 현실이라는 노트에 고난도 지나면 행복이라는 그림으로 한해를 보내려 합니다.

희망으로 가는 글길문학회, 우리들의 선물 입니다.

글길문학 곁에 사랑의 거목으로 남으셔서 늘 격려와 희망을 주신 김대규 선생님께 다시 한 번 감사드리며, 감기나 병 일랑은 절대 친구하지 마시고 글길문학을 가까이 하셔서 글길문학동인에 오실 땐 늘 소풍오시는 기운이 생겼으면 하는 바람이다.

마지막으로 김용원의 시 '갈대의 희망' 으로 인사를 대신 합니다.

감사합니다.

2015년 12월

14

갈대의 희망

아무리 바람이 세차게 불어도

허리만 살짝 휘어져야 해

비가 억수같이 내려도

몸살감기 정도만 살짝 앓아야 해

아침햇살 병문안 오면

지나간 과거랑 깨끗하게 잊어야 해

절대 꺾이면 안 되는 내 인생처럼

늘 희망이란 속옷 단단히 챙겨 입어야 해

글길문학 글길문학 글길문학 글길문

축사 안양문인협회 **박 인 옥** 회장

권두시 안양문인협회 **김 대 규** 명예회장

_늙은 시인의 말

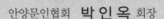

안양문인협회 **박인옥** 회장

글길문학 42집 발간을 축하하며

글길문학 제42집의 발간을 진심으로 축하드립니다. 이렇게 글길문학에 축하의 글을 보낼 때쯤이면 한해를 마무리하는 시간이 되었음을 알게 합니다. 글길문학동인회 동인님들 정말 수고 많았습니다.

여러 모로 어려운 여건과 현실속에서도 꿋꿋하게 열정을 잃지 않고 쉼 없이 정진하는 여러분들이야 말로 진정한 문인들입니다.

올해로 동인회가 결성 된지 34년이 되는 해인 줄 알고 있습니다. 그 오랜 시간동안 여러 가지 어려움들이 많았으리라 생각되지만, 이렇게 한해도 거름없이 동인지를 발간하는 여러분들이 무척 자랑스럽습니다.

문학의 길은 험로라고들 말합니다. 그리고 치열한 자기와의 싸움이라고도 하지요, 끊임없이 읽고 쓰고 하는 것이 정도라고 생각합니다. 그런면에서보면 우리 글길문학동인들은 꿋꿋하게 그 길을 잘 걸어왔고 또 가고 있다고 생각이 됩니다.

　글길문학동인회 동인 여러분!
　다시금 글길문학 제42집 발간을 진심으로 축하드리고, 아울러
안양문인협회를 위해 열심히 도움주시는 여러분들의 노력과 열정
에 깊은 감사의 마음을 전합니다.

　마지막으로 글길문학 제42집을 발간하느라 애쓰신 김용원 회장
님과 글길문학동인님들 정말 고생 많았습니다. 그리고 아직도 열
정적으로 여러분들을 지도해 주고 계시는 김대규 시인님의 건강
과 안녕을 진심으로 기원합니다.

2015년 12월

안양문인협회 **김 대 규** 명예회장

권
두
시

늙은 시인의 말

이만큼 살았으니
세상은 다
너희들 가져라.

기왕에 시를 썼으니
세상의 종이
조금만 더 버려놓고 가겠다.

이제 내 삶의 바다에
상상의 큰 배를 띄우기는 어렵지만,
영혼의 수심水深은 더 깊어져
가슴을 가르면 거기서
외로움의 원유原油가 솟구쳐 오를 것이다.

시인들이여, 잊지 마시기를
외로움만한 지기知己가 다시 없음을.

시와 시론 동인, 안양문인협회 명예회장
시집 : 『흙의 노래』, 『외로움이 그리움에게』등
산문집 : 『사랑의 팡세』등
평론집 : 『무의식의 수사학』, 『해설은 발견이다』등

42 2015 글길문학

【동인문단】

詩

隨筆

글길문학 소개

　저희 글길문학동인회(이하, 동인회)는 처음엔 '근로문학동인회' 라는 이름으로 1981년 9월 그해 안양상공회의소가 실시한 '근로문학상' 공모에서 입상한 입상자들이 중심이 되어 동인회를 결성하며 첫발을 내딛었습니다.

　그러다 참여 동인들의 면면이 다양해지면서 1999년 '서돌문학' 으로 개명 되었다가 2002년 다시 '글길문학동인회' 로 개명, 현재에 이르는 33년의 역사를 가진 안양지역 대표적인 문학단체입니다.

　초기 참여했던 동인들은 안양, 군포, 의왕지역의 산업체에서 일하는 근로자들이 대부분이었습니다. 그들은 안양을 대표하는 김대규 시인과 바람의 시인 故안진호 시인을 지도 선생님으로 모시고 그분들의 지도 아래 각자 산업현장에서의 다양한 체험을 문학작품으로 승화시켜 냈으며 또한 문학에 대한 열정과 사랑을 실천하며 문학 강연회, 시화전, 문학의 밤 등 다양한 문학행사들을 진행하였습니다.

　이러한 열정적인 활동상은 언론에 알려졌고 1984년 KBS 제2TV '사랑방중계' 라는 프로에 소개된 것을 필두로 1987년 8월 KBS 제3TV 'TV문예' 9월 KBS 제2라디오 '내 마음의 시' 1992년 EBS '직업의 세계' 그리고 기독교방송 '사람과 사람' 등에 소개되며 전국적으로 동인회가 알려지는 계기가 되기도 했습니다.

　그러던 중 동인회는 그동안 신입 동인들의 배출창구 역할을 하던 '근로문학상' 공모의 주관자인 안양상공회의소 사정으로 18회를 마지막으로 폐지되면서 참여 동인들이 직장인, 가정주부, 학생 등 다양하게 참여하게 되면서 새로운 변화를 맞이합니다.

그 계기로 1999년 특정층을 표현하는 '근로문학동인회' 라는 명칭을 대신해 '서돌문학동인회' 라는 이름으로 개명하게 되었고 다시금 2002년 '글길문학동인회' 라는 이름으로 개명하여 현재에 이르고 있습니다.

동인회는 시, 수필, 소설, 동시, 동화, 평론 등 다양한 문학장르를 아우르며 활동했으며 수많은 동인들이 신춘문예를 비롯한 유수한 문학지를 통해 등단하였으며 또한, 많은 문학상 입상자를 배출하였습니다.

동인회의 대표적인 정기적 간행물로는 1981년 12월 '근로문학' 으로 창간하여 현재 41집까지 발행된 '글길문학' 이 있으며 1985년 창간하여 현재 237호까지 발행된 '글길' 과 정기적인 행사로는 매년 진행하고 있는 '글길시화전' 이 있습니다.

저희 글길문학동인회는 문학에 대한 순수한 열정을 바탕으로 생활 속의 다양한 소재를 문학으로 꽃피우고 있으며 보다 가치 있는 삶과 안양 지역 문학발전에 공헌하는 문학단체로 자리매김 하기 위해 열심히 노력하고 있습니다.

글길문학동인회 연혁

1981. 9.25   근로문학 창립총회
            (초대임원:회장/한석흥, 부회장/김세진
            편집장/이필분, 총무/이경희, 감사/이재선)
1981. 12.   편운 조병화 시인 초청 문학 강연회
1981. 12.12   시화전 및 '근로문학'창간호 발행
1982. 5.27   제1회 문학의 밤(박범신 소설가 초청 문학 강연)
            제2회 시화전 개최
1982. 8   정규화 회원 '창비'시부문 등단
1983.   근로문학 여름호 제4집 발행
1984.   근로문학 신춘호 제5집 발행
1984. 11.17   KBS 제2TV '사랑방중계' 프로에 근로문학소개
1984.   근로문학 제6집 발행
1985. 9.9   글길창간호 발행
1985.   근로문학 7집 발행
1986.   근로문학 8집 발행, 남한강 문학수련회
1987. 2   서울신문에 '전국제일의 동인단체'
            근로문학 기사 게재
1987.   근로문학 제9집 발행, 김대규 시인 초청 문학강연회
1987. 8   KBS 제3TV 'TV문예' 프로에 근로문학 소개
1987. 9.6   KBS 제2라디오 '내 마음의 시' 프로에 최재석
            유명숙 회원 시낭송
1987. 12   근로문학 겨울호 제10집 발행
1989. 6   글길문학상 제정(제1회 수상자 양한민)
1990. 4.6   김기택 시인 초청 문학 강연회
1989. 6   근로문학 제15집 발행
1990.   근로문학 10주년 기념 특집호 16집 발행
1991.   근로문학 제17집 발행, 제9회 문학의 밤
1992. 4.21   EBS '직업의 세계', 기독교 방송 '사람과 사람'
            프로에 근로문학 소개

1992.	근로문학 제18, 19집 발행
1993. 5.21	글길 지령 100호 발행
1993.	근로문학 제20집, 21집 발행
	제10회 문학의 밤 개최
1994. 10.26	제10회 근로문학 이동시화전 개최
	(기아자동차 등)
	근로문학 제23집 발간
1995. 10.27	윤후명 소설가 초청 문학좌담회
1995.	근로문학 제24집 발행
1996.	근로문학 제25집 발행
1997. 12	근로문학 제26집 발행
1998. 5	글길 지령 160호 기념 글길 통합본제작
1998. 10	서경숙 회원 '월간문학시' 부문 당선
1998. 12	근로문학 제27집 발행, 근로문학 독립
	(안양상공회의소 구조조정)
1999. 1	석철환 회원 '농민신문' 신춘문예 소설 당선
1999.	유수연 회원 '시안' 신인상 당선
1999. 8	서경숙 회원 '현대시학시' 부문 당선
1999. 11	근로문학 제28집(개명 서돌문학) 제1집 발행
2000. 11.	근로문학 29집(서돌문학 제2집) 발행
2000.	글길 9-181호 발행
2001. 12	근로문학 20주년 특집호 제30집 발행
2002. 12	글길문학 31집 발행 (서돌문학에서 개명)
2004. 5	글길문학 32집 발행
2006. 12	글길문학 33집 발행
2007.1	김기동회원 '심상' (시)에세이문학(수필)당선
2007. 5	글길 지령 200호 특집 발행
2007. 6	이무천 회원 '좋은문학' (시)당선
2007. 8	글길문학 동인 안양문인협회 시화전 참여
	하계 야외 문학토론회 개최(안양예술공원)

2007. 11	유승희 회원 '순수문학' (시) 당선,
	최정희 회원 '화백문학' (시) 당선
2007. 11.27	글길문학 제34집 (동인 특집호) 발행
2007	글길 196호-204호 발행
2008. 5	글길 지령 제 208호 발행
2008. 5	제11회 글길문학 시화전 개최
2008. 10	글길문학 바다 배낚시 기행
2008. 12.12	글길문학 제35집 발간
2008. 12.30	안양문학60년사 및 안양문학19집 출판기념회
2009. 1.23	글길 213호 발행
2009. 3.26	정재원동인 시집 출판기념회 개최
2009. 4.9	글길문학기행 만해마을 방문
2009. 5.22	안양문인협회 시화전 참여
2009. 6.12	제12회 글길시화전 개최
2009. 7.11	글길모꼬지(홍천)진행
2009. 9.18	글길 219호 발행
2009. 10.23	글길 220호 발행
2009. 12.11	글길문학 제 36집 발행
2009. 12.17	박공수 동인 시집 출판기념회
2010. 5.1	김용원,소명식동인 등단
2010. 8	글길 228호 발행
2010. 10.22	제39회 관악백일장 참여
2010. 11.26	김대규시인 출판기념회
2010. 12.23	글길문학 제37집 발행
2011. 1.20	김용원 회장 시집 출판기념회
2011. 5.13	최정희부회장 시집 출판기념회
2011. 5.13	안양문인협회 시화전 참여
2011. 8	글길 229호 발행
2011. 10.22	제40회 관악백일장 참여
2011. 11	글길 230호 발행
2011. 12.17	글길문학 제 38집 발행

2012. 4. 5   제4회 안양군포문인 한마당 참가
2012. 6. 8-13   안양문협 시화전 참가
2012. 8   글길 231호 발행
2012. 10. 19   제41회 관악백일장 참여
2012. 10. 26   글길 232호 발행
2012. 12. 19   글길문학 제39집 발행
2013. 4. 21   제5회 안양군포문인 한마당 참가
2013. 5. 20   김용원회장 제2시집 출판기념회
2013. 6. 8-13   2013년 안양문협 시화전 참가
2013. 10. 18   제42회 관악백일장 참여
2013. 12. 17   글길문학 제40집 발간
2014. 1. 11   안양문협 신년산행 참가
2014. 1. 12   글길 233호 발행
2014. 3. 12   글길 234호 발행
2014. 6. 13-18 2014년 안양문협 시화전 참가
2014. 10. 6   신준희 동인 가람시조백일장 수상
2014. 10. 24   제43회 관악백일장 참여
2014. 11. 29   제19회 전국안양시낭송대회 참여
2014. 12. 20   글길문학 제41집 발행
2015. 3. 15   안양문협 신년산행 참가
2015. 4. 12   글길 235호 발행
2015. 5. 15-20 2015년 안양문협 시화전 참가
2015. 9. 1   신준희 동인 시조시학 신인상 수상
2015. 10. 15   글길 236호 발행
2015. 10. 23   제44회 관악백일장 참여
2015. 11. 11   글길 237호 발행

특집

김용원 대표시 20편

_12월 외 19편

김용원 시인

약력

_ 문예사조 등단
_ 안양문인협회 이사, 한국문인협회 회원
_ 현) 글길문학회 회장
_ 현) 휴먼테크놀러지(주) 대표이사
_ 시집:「내 삶의 나무」,「그대! 날개를 보고 싶다」

특집

¶ 대표시 20선

_12월 외 19편

12월

들판은 부시럭거리며 메말라간다
듬성듬성 버즘처럼 피어난 잔설들은
그리움 되어 바람에게 짓밟혀 눈발처럼 서성인다
내 삶은 염전에 갓 만들어진 소금으로 절여져
횡한 갈증은 무겁게 채워지지 않는다
편의점 앞 성탄은 저 혼자 신이 났다
난 서서히 나사가 하나씩 풀려간다
내 젊음은 하얀 속살을 드러낸 눈 속에서
건초처럼 메말라간다. 다시 일어서야 한다
네가 기다리고 있는 단단한 땅 속으로 나는 간다

감기

이눔, 감기 이웃집인가
또 놀러온 거 있지
약속도 없지 불쑥 찾아왔어
상대를 하지 말아 볼까
그래 신경 끄고 내 할 일 해야지
근데 신경이 쓰이는 건 뭘까
재채기 눈물 이런 것이
친구 찾아왔는데 무시하는 거야
이러면서 살살 약 올리는 거 있지
어찌 이런 날 도와줄 수 있어
좀 더 참아볼까
어쩌지 멀리 병원이 웃고 있네
병원이 그리운 날이다

그 겨울 작은 바람

어둠은 아직 잔다
분주하게 하루는 회색빛 도시
사이로 걸렸네
공장 모퉁이 사무실
적막이 분위기 잡고
멀리 공장 굴뚝의 연기는
구름 흉내를 낸다
바쁜 하루는 햇살보다 더 먼저
새벽을 밀어 내고
온기 빠진 자동차에서
그리움 걸어 목에 두르면
그대가
옆에 동승을 한다
묵직한 주말은 덩달아 조금씩 빠져 나간다
겨울바람 불어도 절대 꺾이지 않는
감나무 끝자락에 핀 희망에게 간다

금순이 고향*

청산에는
도리 뱅뱅
붕어
눈치
빠가살이가
이웃처럼 담 없이 살고
생선국수가 마음속에 풍경처럼
깊이 들어있는
나 청산에 살고 싶다
채송화랑 수술 좋은 맨드라미 심고
빨간 세월을 이엉 엮고
동쪽에서 친구 불러
막걸리 석양에 풀고 갈대처럼
살고 싶다

* 청산_ 충북 옥천

떠나는 가을의 애상

수원에 한 맺힌
가을비가 내리네
빗속에 파편이 있어
똑바로 내리지 못해
대각선으로 그림을 그려
등 떠밀려서 간
가을처녀가 대지 구석구석을 밟고 있어
박지성 도로에 오니
비가 태종이 쏜 화살처럼 빠르다
여기저기 살필 여력 없이
유리창이 깨지게 앞만 쳐다본다
유리창에서 터지는 사랑은
아름답다
동탄 들어오니
먹구름에 가려진 태양이 윙크를 한다
마음을 녹여 조금 흔들리는
진눈개비 되어
떠나는 가을여자를 위로한다

가을과 겨울이 공존하며
깊은 포옹을 하고 대지 깊숙이
사랑의 씨앗을 묻는다
다시 태어날 내 인생처럼
엄숙히 기도 소리가 잔잔히 들려온다

내 고향은 지금

율림리
추석날 아침
안개들이 아버님 마음처럼 분주하다
잠든 가을을 깨워 지휘를 시작했다
손가락에 머물던 새벽은
서서히 꽃이 된다
웅웅 거리던 나락들의 베이스
옆집 포도나무들이
내가 대한민국 최고야 한다
묵직한 배나무는 침묵을 지키다
귀찮은 듯 하늘을 본다
대추나무는
태풍에 멍든 가슴 쓸어 내리고
고깔 쓴 복숭아는
수줍은 새색시처럼 미소 짓고
키스 하다 들킨 사과는
온 몸이 빨갛다
모두들 가을 연주를 시작했다

목소리

창으로 햇살이 몇 개가 기웃거린다
술보다 밥을 더 사랑하라는 그대
생각들이 놀러 왔다

복숭아

겨울부터 앙상했던 가지에 혼을 넣어
눈 속에서 준비를 했다
봄이면 땅속 깊이
심장 속에 묻어 둔 우물 파서
죽은 검은 피부에 혈관 이식해서
생명 불어 넣고
산새들 친구 삼아
콩닥 콩닥 땅속에서 몇 개월
2세 생각에 잠 못 드는 시간들
눈에 넣어도 아프지 않을 꽃 피우고
올망 졸망
철없는 개구쟁이 시절
유년이 지나면
햇살에 얼굴 태울라 이쁜집 지어주고
화장품 없이도 이쁘게 자란 내 딸아
시집보내려니
내 마음은 안개꽃 속에 핀 장미 같다

봄 엔딩

우리의 사랑이

봄날 날리는 꽃잎이었던가

밑동 발로 툭 차면

쉽게 추락하는 꽃잎이었던가

악착 같이 메달려 열매

맺고 싶다

바람

더 이상

나를 그냥 두었으면 한다

여왕벌이 마음 열고

붕붕거리며 놀러 오면

작은 열매로 보답하고 싶다

생일

처음에 그냥 불러오는 바람에
인연으로 만나서
천천히 희망도 주고
행복도 주는 너
좋은 날 아침에
앙상했던 마음에 새싹을 띄우게 한 소녀
내 가슴에
빨간 우체통 같은
행복을 배달하네
바람
햇살에게 감사하며
씨앗 같은 사랑
잘 키워 푸른 밭에서
우리 행복하자

좋은 날 태어난 당신
새싹처럼 고맙다

약속

아리송한 단어들
고드름처럼 열리고
낮잠 자던
아지트는 외로움에 떨고 있겠지
잠시 생각들이 분주해지고
더 따뜻한 이불이 그립네
아침에 정면으로 달려드는 햇살같이

지금은 살얼음
꽁꽁 얼어 빗장 치면
쩡쩡 소리 내며 아파 하잖아
희망 몇 그램 품는 외로운 나무되어
새싹이 파릇파릇한 대지로 가자
오늘부터는
얼음 아래 씩씩한 시냇물처럼
소리 내며 살아보자

어제

뿌시시 군데군데
버즘 같은 거리에
버려진 어제가 뒹군다
세수 안한 회색빛 도시를
안개가 뱀처럼 휘어 감고
조각난 어제가 오버랩 되네
선선한 기운들과 코스모스가
떠나는 여름을 대변한다
나의 몸에 남아 있는 알콜은
슬금슬금 물러나는 어제를 찾고
푸르게 또
푸르게 열리는
푸른 신호등이 마음을 재촉한다
살아 있는 아침이다

짝사랑

하늘 속에 겨울이
잔뜩 웅크리고 있어
그래도 너와 싸워 볼거야
조금은 섭섭해도
미워서 그러는거 아냐
봄
여름
가을
순정은 달라도
너 좋아하는 사람
너 기다리는 사람
위해서 힘껏 기지개를 펴야 돼!
가끔 태양과 타협하고
대지의 도움 받고
공존하는 법도 배우자
보고 싶고 그리운
가끔은 안쓰러운 사랑아

창호네 살구나무

유월 살구가 입에서 익어가고
스치는 사랑도 익어가는 유년에
장대비는 바람을 친구하고
창호네 살구나무에 놀러 왔다
후루룩 바람이 반가워 할 때 마다
잘 익은 살구들이
담장너머로
은밀히 유혹하는 나에게
시큼한 사랑을 전해 주는 풋살구 사랑
창호가 살구 따러 올라가서
나무에서 떨어지기 전 까지는
살구나무와 나의 사랑은
몇 해를 가슴 시리게 그리워했다

세월

너도 채우고
나도 채워져
많이도 담았구나
이제
좋은 것 만 담자

태풍 나크리

비구름은 산허리를 뱀처럼 휘어 감고
가족들 불러
지붕위에서 연주를 시작 했다
파도보다 더 깊이 출렁이는
나무들아
시련은 상처와 아픔을 주지만
강인한 용기를 주고 간다
조금만 더 참아 보자
낙과는 싱싱한 엄마 품을 벗어나
추락했고
날개 없이 생을 마감했다
나의 의지를 깨는 유리 같은 삶
처마 밑에 떨어지는 낙수
이엉 엮듯 나란한 기와에서
백년의 삶이 흐르고
비포장도로에서 뿌연 먼지를
함께 일으키며 살아온

내 삶의 나무에는
아직도 시들지 않는 미루나무 같다

희망1

그래
로또 대박
이것두 희망의 씨앗이다

희망 2

오늘은
창문너머 옛사랑이 찾아 왔네요
아이처럼 아장아장 오네요
앙상했던 마음에
그리움 가득 채워서
서로 좋아 하네요

희망 3

그 단단한 껍질 속에
저 푸르고 여린 새 생명이
희망을 주는 아침이다
나도 너에게 희망이고 싶다

희망 몇 그램

햇살은 터지지 못하고
꽃망울져 번져 있고
12월 중순 발자국을 찍는다
몰아친 모임들은
성성한 겨울 꽃 되어 만발 한다
서운한 한해, 기운달래서
2016년 희망 몇 그램 앞장 세워본다
송년의 꽃 속에 예쁜 꽃 하나
추억의 꽃 한 송이
가슴으로 파고들어
따뜻하게 녹여준다
오늘 네가 가슴에 있어 좋다

너는 니돈에 너돈이지

_문학단체 대표들의 작품을 만나다

연어가 오는 밤

배고픈 손으로 담아온 어머니 냄새
그 추억 하나 더듬어 연어가 돌아오는 밤

결빙하는 달빛도 지나고
산호의 꽃밭도 지났다

파도마다 일어서는 아픔을 온 몸으로 맞아
이렇게 큰 몸이 되었다

앞으로 앞으로 끝없이 나아가도
제자리 찾아가는
어머니 냄새 어린 날의 동산

모천에 연어 떼가 돌아온다
떠나기 위해 옛 동산을 찾아온다

지친 두 손 들고 내가 돌아온다
내 몸에 꽃이 피고
눈물처럼 열매가 맺혀 진다

연어가 돌아오는 이 밤에

강한석

한국문인협회, 한국미술협회 회원
경기시인협회, 국제펜클럽 회원
오산 예총 회장

남몰래 흐르는 눈물 외 1편

드디어 찬바람 사이로 낯선 계절이 들어서고 있다
한낮은 여름이 미련스럽게 양지를 덥히고 있지만
그늘에는 제법 선들거리는 바람이 머문다
이리 오가는 시간이 서로 다른 빛을 보이는데
움직이지 않는 마음은 무엇에 미련을 두고 있는가
내 나이에 머물지 않는 세월은 급행열차처럼 빠르다
수 없이 지나간 추억에 매달려
미련을 떨어야 하는 바보스러움 떨구지 못한다
정말 바보처럼
누구를 기억하고 애처로워할까
수십 년 살아온 남편도 첫사랑 때문에 곁에서 가슴앓이하였는데
사랑 고백도 없는 메마른 삶을 살았으면서도
철부지처럼 좋아라 하던 나의 일생
더 늙어 가면 이런 감정조차
바람따라 사라질지도 모른다는
귀띔도 아랑곳하지 않는 목석이여
깊은 밤, 홀로 듣는 음악에 흐르는 정적에도
그저 속으로 독백하는 못난이
가극 속 흐르는 눈물에 함께 동요하면서도
누군가를 그리워하지 못하는 목석
가을은 나를 두고 시간을 달린다
올가을은 그냥 눈물을 흘리며 가려는가 보다.

여로

만추의 모습이다
이렇게 흐드러지게 쌓이는 잎새들이
겨울의 시간 속에서 무엇이 될지 겹겹이
다음의 생에 보태져 밑거름되어 있으려나
바람도 그들의 떠나는 이유를 알기에
흔들고 있나 보다
생을 살아가는 우리네는 사계절을 보내다
어느 순간 속에 자신의 명을 다한 후에나
땅으로 숨어드는데
여한 없이 한껏 살았노라
빈 마음으로 돌아가면서 후회는 없을까
가을이 되면 겸손과 나눔 무성히 열정으로
휘감아 치던 겉치레 벗으며 여한 없이 떠난다
가을이란 시간 속에
이런 그들의 모습조차 아름답다고
탄성을 지르며 이렇게 모델로 카메라를
들이대며 호들갑스럽다
그리고 그들은 왜 떠나야 하는지조차
계절이 바뀌면 잊어버리는 욕심 속에 있다
나목으로 버티는 차디찬 시간
그것을 알면서도 몇 달의 행복을 털어내는 분신들마저
고운 치장으로 떠나는 이 모습들조차

사람들에게 행복을 느끼게 한다
시선으로 마주하며 인사라도 해야 할까
언제 그대들과 함께 뒹굴 그 날들도 있으리
떠난다는 슬픈 생각 안 해도 돼요.

공란식

문예한국 으로 등단, 한국문인협회 회원
아주대학교 경영대학원 AMP과정 수료
경기대 생활교양교육과정 이수중
현, 오산시문학회 회장, 오산문화원 부원장
수필:『짧은 이야기 긴 여운』 외 다수

자유여행에서 소통의 길을 찾다

비구름이 드리우거나 비가 추적추적 내리는 날엔 그리움이 물밀 듯 밀려온다. 다시는 함께 하지 않겠다고 큰소리쳤는데 일 년도 안 돼 그날들이 그리워지는 것이다.

"엄마 황소고집, 옹고집, 똥고집 모시기 힘듦. 아빠를 그리워하심. 중국어는 누나가 다해 먹음."

막내가 대만 여행 중에 아빠에게 보낸 핸드폰 문자를 보관함에서 꺼내 읽으니 입가에 미소가 절로 번진다.

대학교 마지막 학기와 외무고시를 병행하느라 수고한 딸과 특목고 합격증을 받아놓은 막내아들을 위해 여행일정을 잡았다. 꼼꼼한 딸은 가이드북을 사서 세밀하게 자유여행계획을 세웠다. 두 아이가 있으니 낯선 곳으로의 여행이 두렵지 않았다.

중3인 막내는 학교에 체험학습계획서를 제출하고 여행비는 각자 자기 통장에서 인출하기로 하니 목돈마련 걱정 없이 쉽게 진행되었다. 혼자 남게 될 남편에겐 미안했지만 홀로 지내면서 자신도 돌아보고 가족의 소중함도 느낄 수 있으리라 여기며 대만으로 향했다.

중국어와 영어 소통이 되는 아들 딸을 앞세우고 다니니 좋은 점도 있었지만, 집에서 보던 자식들이 아니었다. 밖에 나가니 저희들이 보호자 노릇한다고 사사건건 잔소리를 해댔다. 존재감이 상실될 때마다 속이 무척 상했다.

여행 티켓이며 숙소 등을 인터넷으로 예약해 놓고 찾아가는 자유여행이 젊은이들에게는 좋겠지만 내게는 불편했다. 대만 중정공항에서부터 택시를 타고 호텔로 향하는데 비구름이 하늘을 가로막았다. 1시간 이상을 달려 남경동로 전철역 옆에 있는 형제호텔에 도착했다. 체크인 수속을 마치고 프런트에서 식권과 열쇠를 받아 방으로 갔다. 깨끗하게 정리된 객실에 짐을 풀어놓고 딸이 안내하는 대로 따라나섰다.

첫날, 3박4일 동안 사용할 전철카드를 사서 숙소에서 가장 가까운 곳부터 관광하기로 했다. 처음 와보는 곳인데 딸아이는 잘도 알아 안내했다. 전철로 몇 정거장 가니 광복남로에 있는 국부기념관이 나왔다. 대만의 아버지인 손문을 기념하는 곳이다. 비가 부슬부슬 내려 우산을 쓰고 안으로 들어갔다. 오후시간이라 사람이 많지 않았고 중국풍의 웅장한 기와건물이 맞아주었다.

우리나라에서는 보기 드문 식물들이 한가득 눈에 들어온다. 12월인데도 용설란과 아름드리 야자수가 많았고 녹음이 우거진 정원에 온통 마음이 쏠린다. 잔뿌리가 긴 수염처럼 아래로 축축 처진 특이한 나무가 눈에 띄어 무슨 나무일까 궁금했는데 푯말에 용수榕樹라고 적혀 있다.

중국어를 공부하는 두 아이는 중국역사에 관심이 많다. 기념관 안으로 들어가 관람하며 남매가 국부기념관의 역사를 저장한다. 한 바퀴 돌아 국부기념관에서 나왔다.

타이완의 세계적 건축가 리쭈웬이 설계했다는 그 유명한 101층 빌딩쪽으로 향했다. 건물이 눈앞에 보여 걸어가면 되겠다 싶어 시청 앞으로 해서 갔는데 역시 예상대로였다. 충효동로에 있는 타이베이 101빌딩에 도착하여 건물 위까지는 올라가지 못하고 지하상가에 가서 구경도 하고 저녁식사를 주문하는데 두 아이가 또 잔소리를 한다. 주문할 때 예의바르게 하고 그쪽 문화를 존중하라며 인상을 곱게 하란다. 음식 맛도 맞지 않고 맘에 들지 않으면 나도 모르게 이마에 주름살을 모은 탓이다. 다 옳은 말인데 왜 그렇게 거슬렸을까.

밤이 되어 숙소로 돌아오는 길에서 전철역 찾아가는 길을 놓고 딸아이와 의견충돌이 있었다. 비교적 길눈이 밝은 편인데 아이가 인정하지 않고 약도만 들여다보며 제 고집을 피웠다. 눈짐작으로만 해도 가는 길이 보이는데…….

두 아이가 우산을 쓴 채 투덜거리며 따라온다. 제대로 왔으니 망정이지 내가 고집한 길이 틀렸으면 또 싫은 소리를 들었을 것이다.

침대가 셋인 숙소를 찾다보니 형제호텔로 낙찰이 되었다는데 전철이 가깝고 시설도 좋아 만족했다. 만 시름 잊고 내일 계획을 들으며 잠자리에 들어가 남편에게 안부문자를 넣었다. 자식들에게 구박받으니 멀리 있는 남편이 그리웠던 것이다.

2일째, 시간에 맞춰 호텔 식당으로 올라가 아침식사를 했다. 뷔페식당이라 조금 늦게 가면 음식이 찌꺼기 같은 인상을 준다. 미리 준비하고 있다가 개장하자마자 들어가면 기분 좋게 아침식사를 할 수 있다. 원하는 식사를 하고 숙소에 들러 외출준비를 했다.

가이드인 딸이 안내하는 대로 따라가야 한다. 전철과 버스를 이용하여 세계 4대 박물관 중 하나인 국립고궁박물관으로 향했다. 장개석이 본토에서 나올 때 국보급 유물들을 많이 가져와 전시한 곳이라 하여 관광객들이 필수로 들러 가는 명소다. 가는 곳마다 관람객들이 물밀 듯 밀려가고 오기 때문에 그 많은 유물을 다 감상하려면 지친다. 60만점이 넘는 유물을 한꺼번에 전시할 수 없어 일 년에 몇 번씩 번갈아 전시해도 몇 년이 걸린다니 놀라울 뿐이다.

숲이 우거진 산자락에 나앉은 고궁박물관 역시 기와지붕으로 된 웅장한 건물이다. 주변에 부속건물도 본 건물 못지않다. 비는 여전히 내리고 아들 딸과 함께 우산을 받고 다니며 카메라에 저장했다.

고궁박물관에서 지친 마음을 박물관 아래에 있는 지선원至善園에서 푼다. 서정이 넘치고 풍경화를 연상케 할 정도로 아름다운 정원은 말 그대로 그곳에 있으면 지극히 착한 경지에 이를 수밖에 없을 것 같다. 우거진 숲과 오리가 유영하는 호수와 아치다리들이 퍽 낭만적이다. 두 아이를 따라다니며 불편했던 마음이 스르르 풀어진다.

두 아이가 기대하며 찾아간 곳은 우리나라 인사동골목과 남대문 먹자골목을 연상케 하는 스린 야시장이었다. 비가 쏟아지는데도 많은 인파가 좁은 골목길을 들고나고 했다. 두 아이의 관심사는 먹는 것이었는데 난 먹는 것에 관심이 없어 또 아이들과 충돌했다.

골목을 몇 바퀴 돌고나와 음식점으로 가서 식사하고 해가 저물어 더 가봐야 할 곳은 다음으로 미루었다. 숙소로 돌아오는 길에 편의점에 들러 두 아이들이 좋아하는 과자와 빵을 사왔다. 역시 집처럼 아늑한 숙소가 제일 편안하고 좋다. 사랑하는 짝꿍에게 안부문자를 보냈다.

3일째, 일찌감치 호텔식을 먹고 중정기념관으로 향했다. 대만 초대총통 장개석을 기념하는 곳으로 대만에서 가장 화려하고 웅대한 기념관이다. 대만 국민들의 존경과 사랑 받던 중정 장개석 총통이 사망하자 전 세계 화교 출신들과 대만 국민들이 모금하여 지었다는 중정기념당은 다른 기념관과 달리 하얀 대리석 건물이 인상적이다. 장개석 본명이 '중정'이어서 '중정기념당'이라 했단다.

기념당 안에는 장개석과 부인 송미령의 일대기 사진과 유물들이 전시되어 있는데 우리 역사와 닮아서인지 낯설지 않았다. 전시된 사진에 60년대 박정희 대통령 사진도 있어 가슴이 뭉클할 만큼 반가웠다.

본 건물 좌우에는 국가음악당과 국립극장이 웅장한 모습으로 자리하고 있었다. 문화공간의 명소답게 많은 행사가 이어지고 있다는데, 그날도 내리는 비와 상관없이 행사준비에 바쁜 사람들로 '자유광장'이 어수선했다.

먹을 것에 관심이 많은 아들 딸은 중정기념당에서 나오자마자 빙수거리를 찾았다. 택시타고 가면 금방인 것을 몇 블록을 걸어서 찾아가는데 미리끝에 열이 오르기 시작했나. 빙수 좀 먹겠다고 먼 거리를 걷는다는 게 이해되지 않는다. 종일 걸어서 다리도 아프고 짜증이 와락 묻어나왔다. 아이들은 아이들대로 엄마에 대한 불만이 컸다. 자유여행이 왜 좋은지 설명하지만 나오는 거리가 먼 얘기다.

겨우 찾아간 집은 가이드북에도 나오고 인터넷에 검색하면 바로 뜨는 유명한 빙수집이라는데 두세 평쯤 되는 좁은 가게에 사람들이 빼곡하게 앉아 있고, 길에 줄을 서서 오래 기다려야 했다.

언짢은 내 표정이 아들 딸을 불안하게 했을 것이다. 왜 그때는 그걸 이해하지 못했는지 지금 와서 생각하니 여간 미안한게 아니다. 엄마의 눈치를 보며 빙수를 먹고 먹을 것 맘대로 사먹지 못한 아이들도 나만큼이나 상처가 되었을 것이란 생각이 왜 이제야 드는 걸까.

빙수거리에서 가까운 곳에 있는 대만식물원을 찾았다. 울창한 식물원을 한 바퀴 돌며 서로 상처받은 마음을 치유했다. 우산을 받고 다니며 싱그러움이 묻어 나오는 숲속을 걸으니 마음이 평온해진 것이다. 비가 와서인지 한적해서 좋다. 우리나라에서도 흔히 볼 수 있는 식물도 있고, 희귀식물도 많아 카메라에 열심히 저장했다.

전통과 문화의 차이가 조금 있을 뿐, 사람 사는 곳은 거의 비슷함을 느끼며 숙소로 돌아오는데 거리의 인도人道가 비를 피할 수 있도록 건물 안쪽에 나 있다. 건축할 때부터 감안한 듯, 모든 건물이 행인들에게 인도를 내주고 있다. 비가 자주 내려서인지 상가마다 우산이나 비옷을 아무렇게나 밖에 던져 놓아도 뭐라는 사람이 없다. 비옷 입고 달리는 스쿠터 행렬도 볼거리 중의 하나였다.

숙소에 도착하여 대만대학교에 교환교수로 와 있는 남동생에게 문자를 했다. 워낙 바쁜 사람이라 폐 끼치지 않으려고 연락하지 않았는데 왠지

가까운 거리에 있을 것 같은 예감이 들었다. 과연 그랬다. 곧바로 전화가 왔다. 숙소로 찾아오겠다고 해서 기다렸다.

택시를 타고 왔다며 금세 초인종을 눌렀다. 나라 밖에서 혈육을 만나니 반가움이 더 컸다. 물리학박사로 세계 각국을 다니며 연구 활동하는 동생이 자랑스럽다. 20대에 함께 자취생활을 오래한 동생이기에 정이 더 간다.

동생은 오자마자 연락하지 않은 것을 탓했다. 여행안내자 역할을 하지 못한 게 서운한 모양이다. 비가 오는데 택시를 타고 대만대학교로 향했다. 캄캄한 밤이라 잘 보이지 않지만 입구에서부터 야자수가 늘어서 있는 게 보인다. 비가 세차게 내려 더는 움직일 수 없다. 비도 피할 겸 근처의 야시장으로 발길을 돌렸으나 마땅치 않아 얄궂은 비를 피해 서점에 들렀다. 대학교 근처여서인지 북적였다. 쏟아지는 빗속을 다니기가 불편하여 다음날 아침 일찍 만나기로 하고 동생과 헤어져 택시를 타고 숙소로 왔다.

4일째, 여행 마지막 날이라 호텔식을 먹고 짐을 꾸렸다. 약속대로 동생이 일찍 도착하여 함께 움직이기로 하고 체크아웃 했다. 짐은 프런트에 맡겨 놓고 동생의 안내를 받아 택시로 유명한 사찰인 용산사로 향했다. 시내 중심에 가장 오래된 사찰이 있다는 것도 특이하지만 지붕마다 수십 마리의 용이 용틀임하고 있는 장식이 눈길을 끌었다. 막내는 크고 작은 용들이 신기했는지 셔터 누르느라 바빴다.

입구에서부터 향내가 진동한다. 이른 시간인데도 사찰 안이 인산인해다. 화원을 연상케 할 정도로 화려한 꽃들이 즐비하다. 꽃을 바치고 향을 피우며 기도하는 사람들도 구경거리지만, 용으로 장식된 건물들이 더 볼만했다. 끊임없이 밀려오는 인파에 떠밀려 나와 옥시장과 화훼시장으로 발길을 돌렸다.

눈을 현란케 하는 옥시장과 꽃시장을 한 바퀴 돌고 아이들이 기대하는 견과시장으로 갔다. 한약과 각종 말린 과일상품들이 즐비했다. 그곳에서 말린 망고와 바나나 등 몇 가지 사들고 점심 먹을 곳을 찾아 나섰다.

쇼핑몰 지하식당 같은 곳에서 각자 기호에 맞는 식사를 하고 호텔로 가서 짐을 찾았다. 첫날 공항에서 숙소로 올 때 택시기사한테 받은 명함을 보고 딸아이가 연락하더니 공항까지 싸게 갈 수 있단다. 같은 차를 왕복이용하면 할인해준다는 것이다.

중문학을 이중 전공한 딸이 영어와 중국어를 제대로 활용했다. 외고 중국어과를 지망한 막내가 모처럼 중국어와 영어 좀 써먹으려 했더니 누나가 다해먹는다고 아빠한테 문자로 알리고, 엄마가 고집불통이라고 고자질했다.

공항 면세점에서도 불화가 일었다. 아이들은 가지고 간 돈을 다 쓰고 가자며 외삼촌이 준 용돈까지 쓰려하고, 난 고스란히 남겨 가지고 갔다가 후에 남편과 함께 여행할 생각으로 아꼈다. 아이들은 그것도 엄마가 거슬렸던지 불만이 가득하다.

이순을 향해 달리고 있는 엄마를 젊은이들이 바꾸려 했다면 큰 오산이다. 살아온 세월이 얼마인데 어린 것들이 엄마가 고집을 피운다고 타박이다. 연륜과 경륜을 무시한 처사다. 자식들과 세대 차가 나는 것은 인정하지만, 무조건 저희들이 옳다고 주장하는 것은 어불성설이다.

꿈에 부풀어 여행계획을 세울 때는 몰랐는데 막상 함께 다니다 보니 영 의사가 불통이다. 자식이 사춘기 때는 사촌이고 대학생이 되면 팔촌이라더니 그 말에 수긍이 간다.

아들 딸이 나이 먹은 내 상황은 아랑곳하지 않고 탓하며 끌고 다닐 때는 섭섭해서 다시는 함께 여행하지 않겠다고 곱씹으며 큰소리쳤는데, 그것도 추억이 되었는지 새삼 그날들이 그리워진다.

만추의 계절, 날씨가 우중충하거나 비라도 내리는 날엔 아들 딸과 여행했던 날들이 더욱더 그리워진다. 다시 함께 여행 간다면 아이들의 비위를 맞출 수 있을 것 같다. 자유여행에서 소통의 길을 찾았다.

김미자

99년 『현대수필』 등단.
국제펜클럽 한국본부, 한국문인협회, 한국아동문학연구회
한국문장사협회, 한국문예학술저작권협회, 현대수필문인회 회원
안양여성문인회(화요문학) 회장, 『현대수필』 이사, 『연인』 편집고문
안양문인협회 이사 및 편집위원
수필집: 『마흔에 만난 애인』, 『애증의 강』, 『복희이야기』, 『복희 이야기2』
『바라만 보아도 눈물이 난다』, 『복 많이 받아라』, 『복희 이야기1』
개정판, 『그리움』, 『천방지축 아이들의 논어 이야기』

선긋기

안양 관악백일장 행사가 있어 중앙공원에 왔다.

우르르 몰려온 학생에게 원고지와 볼펜을 나누어 주며 일일이 눈 맞춤하는데 여중고생 입술이 하나 같이 볼그족족하다. 그 중에는 유난히 더 빨간 립스틱을 바른 학생도 있다. 교복 치마 길이는 왜 그리도 짧은지, 앳된 얼굴에 화장을 뽀얗게 한 학생들을 보니 문득 지난 날이 생각난다.

고등학생이었던 딸아이가 눈썹을 그렸다는 이유로 학생과에 호출되어 간 적이 있다. 화장을 한 것도 아니고 눈썹 끝부분만 살짝 그린 것뿐인데 학생의 신분을 벗어났다는 이유로 종일 벌을 서야 했다. 결국에는 학부모인 내가 호출되어 간절히 빌고 나서 딸아이를 데리고 왔다.

딸아이를 데리고 돌아오는 내내 알 수 없는 서운함이 일었다. 한번쯤 훈계로 마무리되었어도 좋았을 거라고 말하고 싶었지만, 아직까지 선생님 그림자도 밟아서는 안 된다는 사고를 가지고 있기에 묵인했다.

돌아오는 길, 그림자처럼 따라오는 딸아이가 측은했다. 조금이라도 더 예뻐 보이고 싶었던 딸아이 마음을 내가 몰라주면 누가 알아줄까 싶어 들리던 안 들리던 지나가는 말로 중얼거렸다

"학창시절에 학생과 한두 번 끌려가는 것도 나쁘지는 않아, 덕분에 엄마도 좋은 경험했다."

그날 밤, 딸아이는 편지지가 얼룩이 지도록 반성문을 써서 선생님이 아닌 나에게 주었다. 엄마에게 미안하다는 긴 사연의 눈물로 쓴 편지였다.

불과 십 년 남짓한 세월 거리가 이렇듯 큰 변화가 이루어지리라고는

누가 상상이나 하였겠는가.

형형색색의 자기 빛깔에 충실 하는 요즘 아이들을 보며, 알게 모르게 억압되어 살아온 내 아이들을 생각한다. 조용히 타일러도 알아들었을 아이인데도 가슴에 상처가 나도록 훈계를 했어야 했던 지난날의 학교방침이 나쁘다고는 할 수 없지만 옳다고도 할 수 없다. 이제는 어디까지 선을 그어놨을까. 어디까지가 허용이고, 어디까지가 금기인지 알 수 없다. 그러나 요즘 아이들 모습을 보면 헐겁게 선을 그어놓은 것만은 사실이다. 십 년 후에는 또 어디까지 선이 그어질까.

한창 호기심 많은 나이다. 화장을 안 해도 꼬집어줄 만큼 예쁜 얼굴이지만, 더 예뻐지고 싶어 화장을 하고, 치마 길이를 올리고, 염색을 한다. 언젠가는 수줍게 깨달을 일을 굳이 기성세대가 억압적으로 선긋기 하는 것이 좋은 일일까.

백일장 행사가 시작 되었다.

관례적인 순서 앞에 아이들은 몸부림을 친다. 먼저 축사가 있고 격려사가 있고 시제를 알리는 지부장님의 인사말까지 이어지는 동안 묵묵히 경청하는 학생이 없다. 첫 번째 축사가 끝나고 두 번째 격려사가 이어지자 아이들은 야유를 쏟아낸다. 지루하다는 표현을 유감없이 드러낸다.

지난날에는 절대로 있을 수 없는 일을 바라보며 그저 웃었다.

아침 조회 때 교장선생님의 길고도 긴 훈계를 손놀림 하나 없이 듣고 자란 나에겐 지금 아이들의 거침없는 행동이 신기하기만 하다.

그러나 하나 같이 밝고 예쁘다.

자기 생각을 유감없이 표현하는 우리나라 미래의 기둥들. 우리세대는 참는 것에 익숙할 뿐이고, 그들은 솔직함에 충실 할 뿐이다. 망설임 없이 자기 빛깔을 드러내는 요즘 아이들이 왜 그렇게 신선해 보이는지 모르겠다.

어느 것이 옳고, 어느 것이 그르다는 것은 아니다. 아이들이 밝고 건전하게 자랄 수 있다면 어디에다 선을 긋는다 해도 좋겠다.

김산옥

『현대수필』 등단.
국제펜클럽한국본부 회원, 한국문인협회 회원, 한국수필학회 회원
현대수필 문인회 회원, 현대수필 편집위원
안양여성문인회 회원, 문향동인
안양문인협회 이사 및 편집위원
서초수필 회장
수필집: 『하얀 거짓말』, 『비밀있어요』

그런 사람

만나면
마음 우선 편안하고
헝클린 이야기들
실타래 풀어내듯 하다 보면
시간은 어느새
빠른 발로 달아난다
덧없는 세상 살이라
부침이 심하다지만
등 기대어 견줄 수 있는
사람이 있어
내 삶은 행복하다
헤어지는 순간부터
다시 그리워지는 사람
온갖 정 회포를 함께 나누며
같이 늙을 수 있다면
더 바랄것이 없겠다

오늘도
바람이 들창을 스치며
그가 두고 간 난초의 향을
더욱 짓게 한다

김선우

한국문인협회원, 〈한국작가〉 동인회 부회장
제2회 물향기문학상
제20회 경기도문학상 우수상
제7회 후백 황금찬 시문학상
제6회 아름다운 한국문학인상
시집:『들판을 적시는 단비처럼』 외 7권

이슬방울에 내려앉은 바람 소리는

밤사이 내린 이슬에
내려앉은 바람 소리
찾아든 여명은 어둠에 갇혀 꿈을 꾼다

돋을볕에 깨어난 영혼은
또로록 떨어진 햇무리
날파람이 되어
지나온 발자국에 낙엽들은
흙과 함께 사라져 가고
내 육신에 흔적들은
서릿바람에 흔들이며
창문 틈 사이를 넘보고 있다

박효찬

시사문단 등단
한국문인협회 회원
현, 한국문인협회 오산지부 회장
한국시사문단 작가협회 회원
물소리 낭송회 동인
제주 향우회 평택지부 회원
시집: 『갈밭의 흔들림에도』

할^喝1

B.C 399년 소크라테스는 [청년들에게 나쁜 영향을 끼치며 국가가 인정하는 신을 인정하지 아니한다]는 죄목 하에, 아테네 공판정 500여명의 재판관 (배심원) 앞에서 변명 연설을 했다. (할)

아테네 시민 여러분!
저는 진실한 사실을 말해야 하는 만큼
개犬 앞에서 맹세하고 말씀을 드립니다. 2(할) (할) (할)

갈릴레오 갈릴레이는 [지구는 우주의 중심이 아니고, 태양 주위를 돈다]고
주장했다가 종 교재판에 회부되어 거시기형 3을 당했다가, 350년이 지난
1992년 사면되었다. (할) (할) (할)

어머니!
세상이 이런데, 이 가슴을 어디에 맹세 해야돼나요?
하늘에 맹세할까요?
차라리 저도 개 앞에서 이 가슴을 열어볼까요? (할)

제가 다리를 절뚝거리며 오늘날까지 살면서
어머니를 한 번도 원망한 적은 없습니다.
자리돔처럼 콤콤하게 삭아가면서도
밤이면 고향의 논두렁길을 따라
이름 없는 별이 되어 어머니를 찾았습니다. (할)

어머니!

이제 한 말씀만 해주세요?

용서容恕가 무엇인지, 믿음이 무엇인지?

아들아!

잘못 본 개 한 마리가 짖으면

온 동네 개가 다 따라 짖는다고 왕부4 라는 사람이

말하지 않았느냐? (할)

세월이 지나면

따라 짖은 개나

안 따라 짖은 개나

그 개가 그 개란다. (할) (할) (할)

주)

1. 할(喝): 이 소리는 사람들의 잘못된 생각과 막힌 것을 깨우쳐 주려 할 때 선사님들이
   내던 소리를 말함.
2. 플라톤이 쓴 [소크라테스의 변명] 에 나오는 글의 일부.
3. 거시기형: 화형에 처해졌다고 전해 오는데, 확실하지 않음.
4. 왕부: 중국 후한(後漢)시대 때 왕부라는 사람이 쓴 잠부론 이라는 책에 나오는 말.

신광순

기호문학 발행인

김근숙

약력

_ 한국방송통신대학교 국문학과 졸

_ (현) 농림축산검역본부 재직

_ (현) 고려대 시창작반 재학중

_ (현) 한국스토리문학협회 회원

_ (현) 한국플라워디자인협회 회원

_ (현) 안양시꽃예술연합회 이사

_ (현) 뿌리플라워 회장

_ 글길문학동인회 동인

_ 제35회안양시여성백일장 입상

버즘나무의 속울음 외 7편

내 몸뚱이가 흉측하게 보여도
가족을 위해 감내하는 것쯤이야 뭐가 대수인가?
내 자식들 번창을 위해서
아낌없이 위쪽으로 영양분을 보내줘야지!
커다란 잎과 단단한 열매를 맺었으니
얼룩진 버즘도 자랑스럽다

내 평생 화려한 옷 한 벌 없이
사계절을 견디어 온 누더기 전투복
이파리들의 버팀목으로 희생이 된 몸뚱이
고운 속살 안에 자식들 감춰두고
바람의 방패막이로 전락해 버린 내 몸
나그네의 그늘을 만들어 주었던 이파리들
늦가을 내 몸을 태워
낙엽냄새를 사모하는 시인에게
은은한 향기를 주었고,
가을밤 사랑을 속삭이는 연인에게
소리 나는 융단을 깔아주면서도
나는 참으로 행복한 버즘나무
내 분신인 옹골찬 자식들은
개구쟁이 사내아이들 장난감 되어

사방으로 흩어진 이산가족이 되었다
내 커다란 손에 깊이 새겨진
밀어의 증인으로 어둠에 갇힌 채로
새 날은 포기해야했다

뚜렷한 손금은 나의 거친 운명의 결정체인가?
더러운 먼지로 나를 덮어 씌우고,
예고 없이 이발해 버린 내 머리카락들
얼룩진 내 몸에 비릿한 뜨거운 오줌발로
정신을 혼미하게 할 때가 다반사다
나를 업신여긴 가느다란 전선줄에
굵은 내 몸은 자존심과 함께 쓰러진다

그러나
버즘나무는 세상에 외면당한 것이 아님을
깊어가는 가을에 알았다
세상 속에 들어가 필요한 것들을 선물해 주고 왔다는 것을…….

사랑의 묘약은 내 속에서
솟구쳐오고 있었다.

파도와의 입맞춤

_ 속초 바닷가에서

새벽녘 꿈결에 파도가 부르는 소리에
순응하는 여인이 되어보네
어둠 끝의 파도는 달콤한 키스에 빠져있는 듯
깔끔한 진공포장 상태이다
잔잔한 물결 위 아른거리는 물안개의 속삭임이
잠자고 있는 세포들을 깨운다
몽환상태의 꿈나라 여행이
균형 잃은 슬픔덩어리로 물위로 떠다닌다
잔잔한 물결은 자존심도 없는 듯이
하염없이 세상을 품고 있는 줄 알았다
분산시킬 줄 모르고 홀로이
세상 부조리를 어깨에 지고 있는 줄 알았다
가까이 다가갔을 때 울부짖는 쓰린 가슴이,
검푸른 밑바닥에 아픔과 분노를 감춰두고
위장술로 연기를 하고 있었다

잔잔하던 파도는 속력을 다하여 해변으로 돌진해 오더니
고운 모래 위 사랑의 징표에 질투를 하고,
끼룩끼룩 바쁘게 아침 준비하는 갈매기들을 훼방한다
백사장 소나무 숲속 사이사이로
싱그러운 향기의 프로포즈를 한다
날개 없는 천사를 발견한 파도는

발밑으로 사정없이 기어 들어온다
새벽 바닷가 술래잡기는
천진스런 어린 시절 웃음이 모래 위 흔적으로 새겨진다
파도의 숨겨진 욕망과 순수만을 갈망하던
여인의 마음이 통했나 보다
애써 피하려던 발목은
거칠게 몰려오는 파도에게 순순히 내어주었다
맡겨버린 마음에 날개가 돋아
음파를 타고 하염없이 날아가고 있다
내려놓은 가슴에서
거대한 진동의 울림이 파도를 타고 출렁거린다

흔적의 발자국 남기려고 애쓰지 않으리
피할 수 없는 찰나의 순간에 발목은 파도에 젖혀지고 만다
거친 파도가 덮여 오면 두 팔로 맞이하고 입맞추리

파도를 즐기는 여유로운 갈매기가 아침을 준비하고 있다

밀밭의 반란

다이어트 방 살들의 전쟁이 요란하다
옹골진 가루들이 흐물흐물 녹아내리고
가벼워진 저울은 웃음소리가 상쾌하다
고급스런 은가루
뜨거운 태양을 힘겹게 바라본
여름날들이 배신감에 빠진다

모든 것을 지배한 밀밭은
꿈속에서 부푼 가슴을 노래한다
끝도 알 수 없는 대지위에서의 굳은 맹세는
밀밭 사이로 불어오는 바람의 힘이다
어둠의 지배를 당한 밀밭 속 밀담은
새로운 거대한 후손을 재 탄생시킨다
야금야금 하얀 밥상을 점령해 들어와서
휘오리 기둥으로 하늘의 길을 만든다
휘오리 터널 속으로 햄버거, 피자, 파스타들이
거룩한 어머니 밥상으로 강한 입김을 뿜어 대고
고운 흰 가루가 거대한 도시 한복판에서
신나게 춤을 추어댄다
현란한 밤거리는 비대한 돼지들의 놀이터

열기 속 방에서는 소리 없는 탄성으로 행복이 넘쳐난다
고운 접촉에 포위당하던 무리들이 비참하게 나뒹굴고 있다
처절한 몸부림의 저항이 그래프를 따라 치솟고 있다

현란한 보상을 향해 반란은 더 치열해지고 있다

사랑을 위한 기억창고

당신과의 고운
사랑의 흔적을
기억창고에
몰래 간직하려고
조금씩 꾸준히
창고를 지었죠

당신이 떠나갈 때
외로움이 몰려와
견디기 힘들때는
기억창고에 머물려구요

센스장이 당신
준비하는 이별에도
배려와 사랑이 가득하군요

추운 겨울이 온다 해도
사랑창고는
훈훈한 온기가
전해져 오겠지요

보름달의 소원 방

달아!
너도 소원이 있니?
흐뭇한 미소로 웃고 있는 달
밤하늘 높이 떠서
모든 이들의 시선을 확 잡고 있구나
부끄러워 고개 숙이려 하나
수많은 이들이 빌어 올린 소원들도 가득 채운 달방은
터질듯하구나

염치 불구하고
나의 소원을 달방 안으로 밀어 넣는다
달아!
너는 슈퍼문이니
뒤늦은 소원이라도 들어주렴

달과의 눈빛이 마주친다
내 소원은
"내 소원 방에 들어있는 소원들이 모두 이루어지는 거야"
라고 눈인사를 보낸다.

보름달이 서서히 야위어 갈 때는
소원들이 주인과 만나는 때라고…….
소원의 별들의 축제가 벌어진다

낙엽은 다시 태어나는 것이다

가을은 영글어
알알이 열매가
익어 가는데
나의 걸어온 발자취는
낙엽 속으로 숨어 버렸습니다

가을 낙엽은
여름의 뜨거운 태양과 모진 비바람을 견디고
곱게 물들어 가고 있습니다
들녘의 곡식은
풍성한 열매로
자랑스러운
당당한 얼굴로 인사합니다

지금 나는
가슴 떨리는 마음으로
자연을 가득 담아 와
아름다움을 탄생시키려고
마음이 흰 뭉게구름처럼
푸른 하늘 위를 날고 있습니다.

꿈꾸어 온 멋진 작품으로
자연의 선물을
탄생시키고 싶은 간절함이 가득합니다

낙엽이 진다고
사랑이 떠나가지 않는 것처럼
세월이 흘러도
꽃을 꽂으며 가꾸는 마음은
영원히 간직하겠습니다.

묵향이 깊어가는 가을

수리산 자락아래
그윽한 묵향이
나그네의 발길을
유혹하는구나

세월의 흔적이
낙엽을 물들이고
묵향은 가을과
깊은 사랑을 하는구나

묵향의 인생이
수리산 나무와 짝하여
수많은 꽃을 피우고
열매를 맺고
씨앗을 남기었구나

작은 다람쥐가
묵향기에 빠져
온통
산자락마다

향기를 퍼트리는구나
묵향기 묻은
꼬리털이
마음의 손길로
흰구름에게
고백하는구나

묵향의 흔적은
남아서 입가에
그윽함이
가득하구나

꽃꽂이시험 심사장에서

순결을 자랑하는 고고한 카라들이 우아하게 인사한다
큰 키로 활보하는 글라디올라스는 모델처럼 걸어 다닌다
제주도에서 시집 온 유도화,
호주에서 캥거루 따라온 유카리가 낯설어 한다
첫사랑에 가슴 아픈 영산홍은 돌담쌓기 즐기는 탑사철 옆에서 서성거
  린다
사랑에 번민하는 정열의 소녀 안스리움은 여전히 매혹적이다
성큼 먼저 온 가을억새의 거친 숨소리에 여린 꽃들이 눈치를 보고 있다
신부 부케를 꿈꾸는 사랑의 꽃 장미들은 여전히 다툼 중이다
화려한 탄생을 뽐내는 꽃들이 한자리에 다 모였다

소박한 소국부터 도도한 호접난까지 우아함 뒤에는 긴장이 흐른다
화려한 꽃이 있는 향기 가득한 정갈한 교실은 정적만이 흐른다
부동자세와 웃음 잃은 표정들에게 꽃의 미소를 듬뿍 보낸다
꽃무리들 속에 한 마리 가엽게 떨고 있는 나비가 눈에 들어온다
파르르한 가여운 날개위에 부드러운 밀어의 분무기를 분사한다
장미가시에 찔린 하얀 순결은 눈물 숨기려 안간힘 부렸으나 결국 들키
  키고 말았다
시계바늘소리가 심장에 들어와서 거친 합창연습에 음치 꽃을 괴롭힌다
꽃들의 독창과 어설픈 합창의 불협화음이 공간 밖으로 튕겨나간다

꽃길 위 한걸음 한걸음마다 걷는 발길은 고요만이 사뿐히 지나간다.
가야하는 길을 개척하는 빠른 손놀림과 놀라운 기교들로 당당한 꽃길
  이 이어진다
웃음과 기쁨 속에 꽃들이 춤을 추면서 환희의 축제가 이어진다

오만으로 구석에 앉아있던 풍뎅이가 슬그머니 나온다
꽃들과 나비에게 미소 지으며 말동무가 된다

화려한 장미가 당당히 부케를 던진다

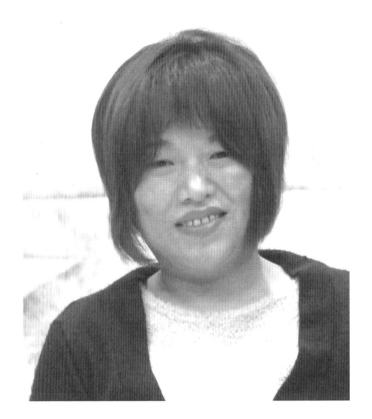

김민정

약력

_ 글길문학동인회 동인
_ 제35회안양시여성백일장 입상
_ 제44회관악백일장 시부문 우수

머문시간 외 4편

여름이 머물다 가고
한 길 쯤 깊어진 옥빛으로
길게 누운 청아한 마음자리에
회유하던 하얀 쪽배
돛도 없이 무심히 찾아온다
보고픔에 목마르고
홀로 태운 시간들 풀어내어
곰 인형 안겨준다

가을바람 뱃사공 되어
산언덕으로 노 저어
소풍 가노라면
호수가 찍어준 다정한 사진
몰려온 나무들 박수갈채
재주 너머로 환호하는 물고기
투명한 파장 일으킬 때
루비알 같은 태양
슬그머니 돛배 밀어내고
소낙비 쏟아낸다

단풍

연둣빛 살결 젖줄 같은 햇살
맘껏 흡입하여 터트리는 한 톨
붉은 입술로 노래하는 뜨락에
귀동냥하려 팔랑인다
빗줄기에 기대어
울음 토해내는 서러운 밤 보내니
손톱 세운 바람이 달려든다
의연하게 견뎌내는 방법
홀로 터득하며 더듬는 하루들
엽록소 달여 마신 쓴 기운으로
마음자락 일 인치씩 키워낸다
성장통 같은 광합성 작용으로 그려낸 청사진
점점 붉어진 마음 퇴색하지 않으려
가을 볕살 움켜잡는다.

가을 꾸러미

메마른 땅에 뿌리심어
모질게 버티며 사는 나날
풀어 헤쳐진 머리카락 숱
파란 물에 감아 빗어 내리니
햇살이 달려와 쓰담는
붓처럼 차롬한 머리채
바람의 간드러진 멜로디에
어깨 들썩이는 은빛 미소
헤드배잉 하다가 시치미 떼고
무심하듯 다소곳한 모습으로
메뚜기 노래 감상한다
감정 쏟아내는 변덕쟁이처럼
가벼운 삶이 아니라며
손사래 치는 가을 물결
감홍빛 서방 하늘 향해
고개 숙여 감사기도 하는 새 품

허수아비

삐딱한 모자 헐렁한 옷이 수줍소
이삭 영그는 금빛 들녘에서
한삼자락 휘두르며 탈춤 추리라
풍년이로세 풍년
방울 웃음소리에 놀라 도망가는
참새 뒤통수에 얼쑤
휘이 휘이 휘어어이
핏대 세운 목소리 몸속으로 파고드네
평야를 달리는 참새몰이 꿈
땅속으로 파고드는 외발이지만
옹골차게 익어 고맙다는 인사 받네
찌든 소금내로 일궈낸 여문곡식에
인심 한 되박 덤으로 주리라
양팔 벌려 지평선과 마주하니
산들바람 놀러와 춤판 벌이고
앙숙이던 이웃에게 어깨 내어주니
수다 삼매경에 들녘이 시끄럽다
허수아비야
올해도 풍년이다
논둑에 삽 들고 빈 마지기에

보리심을 꿈 그리는 모습
노을빛에 젖어든다

뚝배기

고향은 아프리카 같은 흙가마
반지르한 외모가 성품보다 우월한 세상
외모지향주의부터 소외되어
웅크리고 앉아 온몸으로 숨을 내쉰다
더딘 시간을 만지작거리며
외로움을 삭혀 하루를 지탱한다
쌀뜨물에 세수하고 들깨오일 바른 뒤
털 뽑힌 닭을 품고 불 위에 앉는다
몸이 달궈질수록 인삼 대추향이
풍미를 자극하고 퉁퉁 부은 찹쌀로
속채운 요염한 자태 아우르며
식어가는 체온에 원적외선으로 속삭인다
빠르게 흐르는 문화 틈바구니에서
내 무게만큼의 무거운 걸음으로
다름을 이해한다고

詩讚 **민경희**

약력

_ 2009년 (사)한울문학 詩 부문 등단
_ 2010년 아띠문학 수필 부문 으로 등단
_ 2012년 (사)한국행시문학회 行詩 부문 등단
_ 제2회 한국식물박람회 전국자연사랑 시화전 대상 수상
_ 안양시 다문화가정지원센터 강사
_ (사)생명의전화 수원센터 실행이사
_ (사)지구촌가정훈련원 부부 및 가족관계치료사
_ 글길문학동인회 총무

함께 하는 삶 외 9편

떨어질래야 떨어질 수 없는 관계
때론 귀찮고 힘들 때도 있겠지만
서로에게 꼭 있어야 할 필요한 존재
우리네 살아가는 인생이 그러하듯
세상사 모든 삶이 그리하지 않겠는가

괜한 척하며 살아가지 말자
있는 그대로의 삶을 살아가며
남을 지적하기 전에 자신을 먼저 돌아보며
남을 의식하며 살아가는 삶이 아니라
무엇보다 먼저 자신을 사랑하며 살아가노라면
그 사랑이 넘쳐 모든 것을 사랑하게 되리

사랑을 구걸하지 말고 인정을 구걸하지 말자
세상사 모든 것 자기하기 나름인 것을
열심히 살아가노라면 외로움은 저 멀리 달아나고
하찮게 생각하는 미물과도 깊은 사랑에 빠지게 되니
자연 속에서 보고 배움이 삶에 활력이 되는구나

나는 누구인가

매일 아침 거울 앞에 서면
나는 나에게 묻는다. 나는 누구인가

한 여인의 아들이요
또 한 여인의 남편이며
딸과 아들에게는 아비이고
손녀와 손자에게는 할아버지이지만
아직도 나는 내가 누구인지
분명하고도 확실한 답을 말할 수 없다.

내가 누구인지를 알기 위하여
때론 홀로 깊은 계곡 속으로도 들어가 보고
높은 산을 찾아 능선을 따라 걸어도 보며
내가 누구인지를 알기 위하여 자신과 싸워도 보지만
아마도 죽은 순간까지도 답을 얻을 수 없는
가장 쉽고도 어려운 문제인 것만 같다

답을 알아낸 들 무엇하리
막힘없이 흘러만 가는 세월에 몸을 맡기고
유유자적 내 하고 싶은 일을 하며
세상 이별하는 날 웃으며 떠날 수 있도록
지금 죽어도 여한이 없는 그런 삶을 살다 가리라

내 사랑 내 곁에

강산이 변한다는 세월
세 번을 훌쩍 넘기고
이제는 무언가 좀 알 것도 같은데
아직도 모르는 것이 더 많은 것 같아
때로는 말 한마디에 마음 상하기도 하고
생각지도 못하였던 돌발 행동에
어찌할 줄 몰라 전전긍긍하기도 한다

그래도 좋다
함께할 수 있다는 것이
손만 뻗으면 닿을 수 있고
눈빛만 보고도 마음을 읽을 수 있으니
곁에 있을 때는 잘 모른다
함께하는 사람이 얼마나 소중하다는 것을
자식은 자라면 둥지를 떠나고
결국은 텅 빈 것 같은 둥지에
두 사람만이 남아 알콩달콩 살아가며
때론 피 터지게 지지고 볶고 살아야 한다는 것을

미우나 고우나 함께할 수밖에 없는 인연
함께할 수 있다는 것에 감사하며
괜한 일로 서로 오해하여 마음의 벽을 쌓지 말고

아무리 작은 것이라도 표현을 하며
서로의 마음을 다독거려 위로하고
곁에 있어주어 고맙다는 말 아끼지 말고
사랑해와 미안해를 자주 사용하며
세상 이별하는 날까지 즐겁게 살다 갑시다

야생화와 시

누가 보든 말든 개의치 않고
주어진 삶의 터전에 뿌리내리고
때를 따라 싹을 틔우고 꽃을 피우며
피고 지는 수많은 야생화의 삶을 보라

누가 보든 말든 개의치 않고
바라보는 것이 주는 영감靈感에 따라
글로 나의 마음을 무시로 표현하며
말 못하는 식물들과 깊은 사랑을 나눈다

이름 모를 잡초라 부르지 말라
하찮은 풀 한 포기에도 이름이 있고
짓밟혀도 탓하지 않고 다시 일어나는
강인함과 굳센 삶의 의지가 있으니
나는 오늘도 작은 풀 한 포기에서
삶이 주는 의미와 느낌을 글로 표현한다

짧기만 한 인생 남의 눈치 볼 것 없다
벌과 나비 날아오면 말없이 반겨 맞아주고
머물다 떠날지라도 붙잡고 애걸복걸하지 않고

남의 삶에 팥 나와라. 콩 나와라. 간섭치 않고
오직 자신의 삶에만 충실한 야생화처럼
나도 나에게 주어진 삶, 그리 살다 가리라

잠 못 이루는 밤

나이가 먹어간다는 것을
몸이 말이라도 하여 주는 듯
요즘 들어 부쩍 이른 새벽에 눈이 떠진다

자리에 누워있지 못하는 성격이라
잠자리를 박차고 일어나 창문을 열고
아직 어둠에 싸여 있는 숲을 바라보며
삶이 주는 깊은 의미를 고뇌하여 본다

한 치 앞도 알 수 없는 우리네 인생
천 년 만 년 살 것처럼 힘써 보지만
호흡이 멈추고 나면 모든 것이 다 헛된 것
어둠이 존재하기에 빛의 가치를 알고
내 몸이 소중하기에 자연의 모든 것을 소중히 생각하며
잠 못 이루는 밤 깊은 사색에 잠기어 본다

하찮게 여기는 식물도 삶을 되풀이 하건만
우리네 인생 어찌 한 번 가면 다시 올 수 없는가
후회하면 이미도 때는 늦어 있는 것을
되돌릴 수 없고 잡을 수 없는 인생이기에
후회 없는 삶을 위하여 오늘도 온 힘을 다하여 보련다

자유로운 영혼

이제까지 옭매였던
모든 것에서 자유함을 누리며
주어진 삶 속에서 이미도 주신 복을 누리며
소풍 나온 어린이 아무 걱정 없이
주어진 시간 속에서 자유함을 누리듯
나의 몸과 마음은 오늘도 한 마리 새가 되어
푸른 창공을 힘차게 날아오르며
아무 욕심 없이 세상을 내려다본다

크게만 보였던 세상 모든 것
높은 곳에 올라보면 아무것도 아닌 것을
높은 곳에 올라 다시 한 번 나를 돌아보며
나를 지으시고 나의 삶을 운행하시는
창조주 여호와 앞에 낮아지고 겸손해지려 노력해 본다

살아온 날보다 살아갈 날이 짧은 지금
미워한 들 무엇하고 걱정한 들 무엇하리
세상사 모든 것 물 흐르듯 흘러만 가고
행복과 불행도 바람처럼 스쳐지나만 가는 것
일각이 여삼추만 같은 내게 주어진 시간

나는 오늘도 살아있음에 감사의 기도드리며
자유로운 한 마리 새가 되어 푸른 창공을 날아오른다

홍련꽃 당신

꽃이나 사람이나
건강하게 한 세상 유유자적하며
그리 살다 가면 얼마나 좋으련만
몸속 깊숙한 곳에 돌과 물혹을 넣고
차일피일 미루며 살아왔던 당신

생살을 찢고 속을 헤집어
돌을 꺼내고 물혹을 떼어내는
수술을 받고 아물기를 기다리는 당신

더럽고 냄새나는 환경 속에서도
굴하지 않고 튼실한 꽃대를 세우며
아름답고 화사한 꽃 피우는 홍련처럼
이런 걱정 저런 근심, 걱정이 돌이 되고
수많은 근심이 물혹이 되어 박혔었나

이제 돌과 물혹 떼어내어 가벼워진 몸
노을처럼 붉은 뺨이 홍련을 닮은 듯하고
꽃이 아름답다 한들 당신보다 못한 것을
이제 다시 건강한 몸과 마음 되찾았으니

걱정 없이 건강하게 내 곁에 머물면서
홍련처럼 화사한 미소 다시 보여 주기를
마음 모아 기도하며 당신을 바라봅니다

함께 한다는 것

함께 있을 때는 모른다
얼마나 소중한 사람인지를
건강한 몸일 때는 모른다
건강이 최고의 행복이라는 것을
함께한다는 것은 나의 삶을 양보하는 것
그리고 자신의 생각과 마음을 모두 비워야만
그때야 비로소 진정 함께할 수 있다

아무도 대신해 줄 수 없는 삶
그것이 바로 나의 삶이요 내가 주인공
세상 그 누구도 나의 역할을 대신해 줄 수 없고
때론 나의 마음을 알아 달라 하는 것은 사치다
나도 모르는 나의 마음을 그 누가 알아줄까

조금씩 양보하고 서로의 마음을 읽어주는 것
많은 것을 가지고 많은 것을 누려야만 행복이 아니다
행복과 불행은 생각하기 나름
진정 행복한 사람은 자신의 삶을 즐기는 자이다
주어진 삶 속에서 서로의 삶을 함께 즐기며
서로 인정해주고 배려해 주는 삶
서로의 삶을 공유하는 것 그것이 진정 함께하는 삶이다

천상의 화원을 오르다

강원도 화천과 경기도 가평의 경계
구름도 쉬어 가고 바람도 자고 가는
굽이굽이 산길을 따라 신선한 공기를 마시며
해발 1,468m 천상의 화원 화악산을 오른다

발길 닿는 곳곳마다
형형색색의 아름다운 꽃들
슬픈 역사를 간직하고 있는
청사초롱을 닮은 남보라색 금강초롱
동자승의 슬픈 이야기를 간직하고 있는
노란빛이 도는 붉은색 동자꽃
마치 푸른 하늘을 바다 삼아 닻을 내린 듯
하늘을 향해 피어난 새하얗고 노란빛의 닻꽃
꼬마요정이라 불리는 진한 녹색의 컵지의
일곱 난쟁이와 백설공주를 닮은 듯한
육안으로는 잘 보이지도 않는 난쟁이바위솔
하늘거리는 파란 원피스 곱게 차려입고 마음껏 뽐내며
새하얀 면사포를 곱게 뒤집어쓰고 예식장에 들어서는
너무나도 사랑스러운 곱디고운 새 신부 같은 구절초
호주머니 속에 넣고 다니고만 싶은 귀엽고 사랑스러운
손주 녀석들 손에 들려 있는 팔랑개비 같은 송이풀

화사한 미소를 머금고 있는 나를 유혹하는 듯한
아리따운 처녀 같은 샛노랗고 하얀 물봉선과 산봉선
금방이라도 싸움터로 나가는 병사의 머리에 뒤집어쓴
투구 모양의 늠름하고 멋져 보이는 투구꽃
막 샤워를 끝내고 신방으로 들어오는 아낙같이
쏟아지는 폭포수 옆 바위 옆에 자리 잡은 궁궁이
이루 다 말할 수 없고 표현할 수조차 없는
자연이 품고 자연이 길러낸 아름다운 야생화들
많은 돈 들여 이곳저곳 뜯어고친 성형미인보다
태어날 때 모습 그대로 아름다움을 간직하고 있는
자연 미인이 그 무엇보다 아름답고 사랑스럽듯이
태고의 신비를 간직하고 있는 높은 산 수림 속의
야생화들과 깊은 사랑에 빠져 헤어나질 못하니
어지러운 세상에 내려가 버둥대며 살기보다는
이슬만 먹고 살지라도 나는 이곳 천상의 화원에서
유유자적하며 신선처럼 살다 이곳에서 썩어져
아름답게 피어나는 야생화들의 밑거름이 되고 싶구나

금강초롱의 슬픈 이야기

우리 고유의 아름다운 이름
한반도에서 제일 아름다운 산
금강의 이름을 따 금강초롱이라
아름다운 이름을 잃어버리고
하나부사야 나카이라 등재된 그대
나라를 빼앗긴 힘없는 설움이
그대 이름에서도 이렇게 드러나니
바라보는 마음이 왠지 모르게 아파져 오고
연한 남보랏빛 그대 얼굴에서는
수심에 가득 찬 슬픔이 배어 나오는 듯하다

내용을 모르고 바라보면
높은 산에 피어나는 한 송이 꽃이지만
슬픔과 서러움이 묻어나는 이름을 알고
바라보면 절대 기쁘지만은 않은 것을
그대 아름다운 이름을 지켜주지 못한
미안함에 차마 똑바로 바라보지 못하고
그대 역시 잃어버린 이름에 대한 마음이 무거워
버젓이 고개를 들지 못하고 있는 것만 같아
잊을 수 없는 치욕의 그 날을 지울 수 없고
아름다운 이름을 다시 찾아줄 수 없는
미안함과 안타까움에 다시 한 번 꼬옥 안아본다

박공수

약력

_ 문예운동 詩등단
_ 한국문인협회 회원
_ 안양문인협회 감사
_ 글길문학동인. 천수문학회원, 밀레니엄문학회원
_ 시집 :『대륙의 손잡이外』공저 다수

봄 11 외 4편

봄을 찾으러 안양천에 갔다
냇물은 아직 겨울을 나르고
바람은 북풍을 배송하고 있었다
언제쯤 봄이 오나 물어도
펼쳐진 만상이 대답 없고 무심하니
계절의 봄은 그냥 무심으로 오나보다

유난히 꽁꽁 언 겨울 속
어디선가 언 살속 녹이는 소리 들린다
피지이 퍽! 피지이 퍽!
접시형 튀밥기계
하얀 접시꽃 혹은 목련꽃
한 겨울에 급행으로 봄이 피어난다

낮꽃이 발그레한 튀밥장수 아주머니
손탁으로 일궈내는 하이얀 봄
그 봄 한 봉지 사서
입에 넣고 거름 삼아 나도 봄을 짓는다
세상이 얼든 녹든 내 봄은
유심으로 내 안에서 일굴 일이다

구부정한 소나무

하늘에 공손하여 구부정합니다
대지에 감사하여 구부정합니다
강물이 가야할 길처럼 구부정합니다
스승 앞 제자처럼 구부정합니다.
무거운 짐 지고 구불구불
먼 길 오가시던 아버지의 등줄기처럼
내일 죽더라도 오늘 파지를 줍는
허리 휘어진 노인네처럼
구불구불 가야만 목적지에 도착하는
골목길처럼
언덕을 지키는 소나무 구부정합니다
세상의 구부정한 것들
구불구불한 역사에 구부정한 이 땅
이 땅을 닮은 구부정한 소나무
애틋한 정이 가는 건 어쩔 수 없습니다
어느새 나도 구부정해졌습니다 하지만
눈보라의 광야에서 옹이 지고 골이 패어도
멋지게 흔들어대는 저 깃발
늘 푸릅니다

과녁을 뚫다

화살은 전동 속이 제 우주.
건드려 주기 전엔 아무것도 아닌
화살 하나, 멀리 멀리 쏘아 달라고
어떤 세상, 어떤 일이 벌어져도
후회 없으니 제발 쏘아 달라고 안달복달.
발사

과녁으로 가는 길은 짧고도 길어
자기도 구부정 활이 되고, 어느새
자신도 화살을 쏘고
왜 쏘았냐고 불평인 화살엔
허허 책임도 지고
과녁 가까이 가보면 떨어진 화살도
꽂힌 화살도 안 보이는 블랙홀 하나
들여다볼수록 캄캄한 그 속.
뚫고 들어간다

누군가 다시 쏘아 줄 것만 같은
그 너머로

국수

재벌가 유산 다툼 소송의
느끼한 신문기사를 보느라니 점심때다
있는 국수나 삶아 먹을까하는데 마침
내 밑에 밑엣 동생이 왔다
야, 너도 국수 한 그릇 먹을래? 하니 좋단다
국수를 삶으며 호랭이 담배풋던 시절만큼이나 멀게 느껴지는 소년 시절
의 한 때를 생각한다. 입에 물릴 정도로 자주 먹던 밀가루 칼국수, 어떻
게 하면 더 맛있게 먹을까 궁리 끝에 달디 단 완도 물고구마 (지금은 그
고구마 씨도 안 보인다)를 내 손수 껍질 벗겨 밀가루랑 반죽했다. 내 생
애 최초의 개발식품인 노랗고 달콤한 칼국수가 탄생했다. 나도 동생들
도 맛있게 먹었던 일을 떠올리며 오랜만에 동생에게 멕일 국수를 내 손
으로 삶는다
건강과 이재에 밀가루 같았던 아버지.
유산이라곤 정직히 살라는 말 한마디뿐.
그래선지 우리 오남매의 우애가 유산된 기억은 없다
맛, 괜찮아? 좋네요
우리는 보던 신문을 탁자 위에 깔고
매큼한 비빔국수를 길게 늘어뜨리며 맛있게 먹었다
재료만 있으면 더 맛있게 만들 수도 있는데…….

골목상권

초대박 세일.
대형마트에 쓸려 들어갔다
라면 다섯 개들이 천오백 원.
엉? 동네 수퍼에서 나 어제
개당 7백 원에 샀는데…….

암튼 싸다. 한 봉다리 사서 들고
동네 내 사무소 옆 슈퍼를 지날 때 슈퍼 아주머니가
내게 미소 지으며 인사한다
나는 목례만으로 그냥 지나간다

쩝, 골목 상권을 사랑하는 내가
가끔 택배도 받아 주는 고마운 아주머니 앞에
한 번 잡사보라며 맛난 것도 갖다 주는 덕스런 아주머니 앞에
못난 내 시를 맛있게도 읽어주는 예쁘디예쁜 아주머니 앞에

돈 몇 푼에
골목상권 져버리고
붉힘 없이 인사를 나눌 수 있다는 것.
요 까만 비닐봉지 때문인가?

백옥희

약력

_ 방송통신대 졸업
_ 글길문학동인회 동인
_ 수원 한글날기념 시낭송대회 동상
_ 오산시낭송대회 장려상

조약돌 외 7편

산기슭 진달래 핀 바위자락 꽁꽁 언 돌, 한 조각 되어
나은 세상 구경 찾아
구르고 굴러 닿은 바닷가
갈망하던 세상에서 산기슭은 잊어버리고
부드러운 파도에 몸 맡기고 고기떼 구경이나 하며 놀자
나를 절군 바다는 짠 눈물을 내고 몸 부딪쳐 피멍든 채 울음 운다
상처 난 파도가 들려준 말
네모난 돌에 찔려서 푸른 멍이 들었다고
낮은 데로 피할 곳 없어 바다가 되었다고
그날로 까칠까칠 모래알 삼키며 몸 갈아 세월 지나는 동안 거뭇거뭇 저
  승꽃 얼룩진 돌
파도가 거센 한 날, 둥근 모습 비쳐 외딴곳에 떠밀려온 참회의 시간
여행 온 새색시 눈에 들어 신혼집에 왔다
아파트 거실 화분에 앉아 철쭉 피우는 뿌리 눌러 주는 조약돌 될 줄이야
어둡도록 혼자 졸다가 그 산 바위틈 진달래 그리워 말문 닫은 벙어리처
  럼 하얀 달만 쳐다본다.

가족

아들 고등학교 때 졸업 기념으로
찍은 첫 가족사진 새 양복 입고
대견하게 남편과 사이좋게 벙그렇다.

그곁에 결혼 20년 기념 선물 머플러를
하얗게 블라우스처럼 장식한 내가
남편의 손에 포개고 활짝 웃는다.
또 두살 터울 동생을 보니 분홍 츄리닝 위에
노랑 브릿지 늘인 채 사진사의 웃으란 말에 어색한 미소를 짓고 섰다.

그 후 10여 년 동안 몇 차례나 이사한 집은 걸어둘 벽 하나 없는데,
이제 딸이 떠난 집에 걸려서 가족을 생각한다.

새면대에 머리카락 씻어 내고 나가서
어둑한 밤 만취된 남편 마지막 대문을 두드리는데
제 방에 쓰던 생리대 상자 다소곳이 기다리는지 언제 알까.

아버지

수십 개 전선 훈장처럼 달고
동네 어귀에 장승처럼
어둠 속에 지켜 섰다

한 발도 나아 갈 수 없는 신세
온몸을 바다에 절군 채
청 미역을 발걸음에 끌고
지나는 가장의 어깨를 감싸 안는다

말도 못하고
물끄러미 보는 사이
주정뱅이의 세상 욕지정에
오늘도 얼룩에 찌들었다

밤낮없이 팔 벌려 서서
디스크와 오십견, 관절염에
몸살을 앓아도
내 집 창가 아이들 웃음소리 듣는
전봇대로 산다.

경칩

먼저 깬 버들 흔들어 물 올린
새털 바람이 창문을 두드린다.

마당에 앉은 조각 해로
겨울 옷 벗고 오는 춘장군
맨 주먹으로 상경하는 소년처럼
펄쩍 뛰어나는 땅의 기지개라

물렀다가 더 나아가는
청개구리 같은 인심이라

단풍잎 연서

그칠 수가 없어요
튼실한 다리가 산을 향해
내달려 오를 때는

사랑에 빠진 심장을 떼어 내려고 바람을 불러 세우는
다람쥐 바삐 오르내리던 떡갈나무도 멍든 입술로 침묵해요

산마루에 걸린 노루 꼬리 해마저 절정의 바튼 숨을 토해 내는 저녁답
발가락에서 배꼽을 거처 혀뿌리까지 마지막 몸부림 불을 놓아요

받는 이 없는 켜켜이 쌓인 편지같이 못내 바스락 속삭이는 그리움
가을 언덕에서 나는 물어 볼 수도 없어요, 사랑해 버린 뒤에는…….

반짇고리

알록달록 헝겊에
고이 싸인 반짇고리
시집오는 가마 안에
넣어 주시며
토닥이는 어머니

소금물에 닳아 헤진
서방님 토시를
시름겨운 눈 비비며
사박사박 기우는 밤

조각보 한 쪽 같은
흐릿한 장지문에
달빛은 흰 가루로
흘러 넘치네

알토란같은 핏덩이를
굵은 실로 묶은 뒤
반짇 가위로 끊어낸 한 몸
오색 실로 엮은 사랑노래

뾰족한 말 끝 보다
둥근 귀로 듣는 매듭
지금도 내 곁에서
눈 맞추며 묵언하네

수박의 미소

호미 끝에 이끌려
묵정밭에 묻힌 씨앗
비바람과 햇볕에
이리저리 쓸리다가
나날이 불러온 배
튼 살이 선명하다.

더는 터질 데 없는 만삭
정수리부터 발끝까지
산통으로 시달리다
시퍼런 세상 밖으로
붉은 얼굴 내민다.

노란 꽃 잔잔한 미소
울 엄마의 둥근 마음
원두막 그늘 홀로 앉아
아구 찰때 기다린다.

11월

능선이 나의 손에 이끌려 멀리 타오르는
불빛 이야기로 한창인데

손목 잡힌 채로
겨울 봄 여름 가을 성적표를 재촉 받고

끝끝내 매달린 단풍잎 하나
푸른 약속이 영글어 때를 알아내고는
산 그림자에 산산이 밟힌다.

외면당한 바람은 머플러를 두르고
어깨를 움츠리며
막다른 집 대문을 두드리고

성애 낀 새벽이 아기 볼 같은 달의 주름을 세다가
아침의 하품 소리에 330개의 머리카락 되어 흩어지고

내 주름진 손에 묻은 젓갈은
김치가 되어 두레 밥상에 앉은 가장의
긴 젓가락 사이에서 곡예를 탄다.

신준희

약력

_ 2006년 문예운동등단
_ 한국문인협회, 천수문학 회원, 안양문인협회 편집위원
_ 열린시조학회회원, _ 글길문학동인회 부회장
_ 시집:『체온을 파는 여자』『구두를 신고 하늘을 날다』
_ 공저:『바다가 담긴 잔』외
_ 2011년 4월 중앙일보 시조백일장 장원

사근진 바다모텔 외 7편

산산이 깨진 술병
퉁퉁 불은 빈 담뱃갑
부러진 불꽃막대 그 누가 사랑했나
모래 위 그려 둔 하트
바람에 뒹굽니다

물거품이 쓸어가서
도로 뱉고 달아나는
지우고 덧칠하고 내려놓은 저 울음을
구멍 난 까만 비닐봉지
곰피처럼 떠는데

갈매기 허기진 눈
핏빛 노을 넘는 저녁
섬 하나 번쩍 들고도 못 버린 티끌 있나
붉은 해 지었다 허무는
파도소리 높습니다

담쟁이 DNA

추락한 바닥에서 뼈대만 겨우 남아
마침내 경매로 넘어간 2003호 빈 둥지
가슴 속 시린 별자리
무릎 꺾는 벽이 있다

이름 모를 풀꽃 앞에 가만히 앉고 싶은 봄
고래실업 익스프레스 사다리차 올라간다
불황을 거슬러 오른
저 아뜩한 경사각

한치 앞 안 보여도 맨몸으로 밤을 건너
저 혼자 고치를 벗고 날아든 햇살처럼
말없이 사표 낸 딸이
담을 돌아오는데

바람에 넘어질 때마다 눈물은 더 단단해져
잘라도 다시 움트는 욕망을 복제하며
외줄기 서늘한 목숨
초록 물결 뒤덮는다

비비추 이력서

햇귀의 푸른 피톨 깊은 정적 깨트린다
파릇한 어린잎이 날숨을 가다듬는
비비추, 네 몸을 열면
소용돌이치는 물살

맑은 피가 꿈이 되는 비바람에 흔들리다
불현듯 손등에 젖어 웅크린 눈물방울
차갑게 그린 괄호엔
오돌진 꽃대궁 하나

의자에서 밀려나와 아직껏 집을 못 찾고
인적 뜸한 밤거리, 길모퉁이 주저앉아
무두정無頭釘 별빛을 안고
입을 다문 친구여

언제쯤 끝이 보일까 수백 통 써낸 이력서
아물기를 마다하며 부르튼 맨발의 길
비비추, 하늘 모서리
주줄이 꽃등 환히 단다

소리로 오는 가을

툭,
탁,
목 잘린 잎

갈대
저리
속삭속삭

떼 지어 몰려가는
넥타이 점심 부대
하,
詩 팔
마누라가 올 때
두부 한 모 사오래잖아

한티역 7번 출구의 봄

1.
감은 눈 흔들고 가는 홑겹의 바람 소리
얼음 녹아 흘러들어 물빛 더 흰 윤삼월에
어딜까,
물길 닿는 곳
등이 시린 섬 하나

2.
발 저린 긴긴 밤을 손톱으로 긁어내고
환한 볕 두어 모금 마른 입술 축인 뒷날
동여 맨 마법이 풀린 듯
푸른 눈,
반짝 뜨는

3.
되감긴 필름인 듯 마중 나온 저 정거장
몇 번 거푸 갈아타야 내 별에 내리려나
궤도 속,
스크린도어
물의 은유 열린다

가시연꽃

귀 떨어진 잔별 나려
마름풀로 뜨는 우포
밑바닥 맨얼굴을 숨가쁘게 감추지만
옆으로 게걸음치다 서성이는 물안개

오목하니 쟁인 시간
수궁의 문 들어가면
눈 덮인 제방길이 긴 탯줄로 숨을 쉰다
쇠물닭 힘찬 물질소리에 깡마른 목선은 뜨고

아스라한 저 끝까지
도착할 수 있을까
갑옷 속 날 선 가시 스스로를 겨냥하여
제 살갗 물어뜯고서야 점화되는 꽃뇌관

길

1.

십년 전
실지렁이 같은 길
오두막을 등짐 지고 달팽이가 기어갔다
다람쥐 꼬리 살래 도토리 줍고 뛰어갔다
들고양이들이 밤샘작업을 마치고 졸린 눈 야아옹,
치켜 뜨고서 살금 지나가고
산까치는 삭정이를 물고 종종거리다 푸르륵 우듬지로
날아올랐다
목마른 새끼 고라니 조심스레 물가로 내려설 때
멧돼지도 똥을 싸러 급히 질러갔다

2.

솔나리가 기지개를 쫘악 켜는 산
애기똥풀 해맑갛게 눈웃음치던 기슭에
자고나면 밟히기 일쑤이던 익명의 초목들
연일 하나씩 스러져가며
여기 무엇을 묻어
내 쉬는 이 길 되었나
가시덤불 가슴속으로 쏴아쏴아 산바람이 몰려든다

삐그덕대는 빗장을 여니,
강가의 모래밭에 무수히 패인 물의 발자국 같은
온갖 무게의 자국이 움푹움푹 패여있다

　3.
길이여,
패인 자국 다독이며 어르면서
내 마음 걸림 없이 지나갈 길 하나 낼 수 있다면
그 때는
소슬한 하늘 길, 구름 꽃밭의 자유로 너를 부를 수 있으리.

보충수업

허옇게 질린 낯빛 찢어질 듯 얄팍한 달

사늘한 하늘 밑에 간신히 붙어 있는 불안한 기억,
구름장 덩어리 속으로 황급히 몸을 감추자
구렁이 허물처럼 후줄근한 골목에서
노숙 중인 바람이 한숨같이 나오는
밤, 하늘에도 남모르게 지울 일이 있었는지
눈감고 사정없이 지운다
마구 뭉개지는 낡은 칠판······.
분필가루같이 보오얗게 눈발이 날아왔다

누군가 불규칙하게 방전하는 추억인 양

이향숙

약력

_ 글길문학동인회 동인
_ 현) W2H 스피치 교습소 원장
_ 현) 경기도 학생상담 자원봉사
_ 현) U&I 학습 · 진로상담점문가
_ 제 35회 안양여성백일장 시 부문 우수

행복 외 2편

쩅쩅 한 여름 햇볕
과실들 달게 익는다. 미소 보내고
요란하고 우렁찬
매미는 노래일까 서글픔일까

비만 와도 우울 리듬 타던 옛 시절은
제 설움이었다

지금 내리는 저 비
작으면 작은대로 크면 큰대로
아름다운 선율이다

혼자 있는 시공 속에서
하고 싶은 일 너무 많아
순식瞬息 휘리릭
지나도
여유와 고요와 충만이
그득한 이것은
아,
행복이라 명하노라

취급주의

오랜 기다림이었다
너를 만나기까지
알롱알롱 아니어도 좋다

네가 담고 있던 걸 내어 줄 때마다
마냥 좋은 나는
눈길이 넉넉하고 입가는 여유다

행망쩍은 딸년이 하마
부주의로 깰세라
짧은 여정 앞두고 큰 걱정

식구들 끼니 보담
그것 보존 기우하다
'취급주의'
붙이고 나니 발걸음이 가뿐하다

말과 말

한 말이 옹골차게 출발했네

고요라는 공백 오름 지나
마주서는 한 마리 말
은근 거대한 몸집이었다네

침묵의 골짜기 지나
말을 기다리던 말은
바싹바싹 목이 마르고
깊은 골짜기에 혼자서 걸어가네

타박타박 옆 골짜기
쉬엄쉬엄 가던 어리숙한
한 말이 보고야 말았네

물 한 바가지 시원하게 갖다줄 수 없어 개탄스럽고
갈기에라도 물기 적셔주고 싶어 동동거리다
이심전심 바싹바싹 타는 목마름

긴 시공은 혼돈 숲을 이루었네

각기 다른 말들이 뚜벅뚜벅
말과 말은 복잡 미묘한 자극과 반응 속에
경계 아닌 담론으로
말 화살 지나고 물길 열리는 듯
잔잔한 파고 넘어 거센 폭풍 아닌 물결들
산고를 견디었네

찬란한 햇빛이 반짝반짝
말 등 위엔
웃음 한 자루 쏟아져 나오네

장호수

담쟁이 외 7편

후미진 천변 석벽에서
그를 만났다

가냘픈 생명의 반전
온몸으로 말한다

힘내라고
희망 한줄기 피워 보라고

강렬한 메시지
이내 지친 어깨를 곧추세워 본다

글쓰기에 대한 단상短想

설익은 문장들이
위험한 줄타기를 시작한다

켠 켠 이 줄에 늘어서 봄,

아직 갈 길은 먼데
바람 한가운데 둥지를 튼다

흔들리는 일상들
설익은 과거의 아우라들이 문단을 포장하고
문장과 문장 사이, 구릿빛 사연들 금박을 두른다

글쓰기는
학습된 기억의 동의 반복
결국, 쟁점은 이렇게 마침표를 찍는 거다

숙명宿命

그리움으로
채워진 가슴은
눈물로 닦지 마라.

살랑 바람에
눈물 마를지라도
그리움은 마르지 않아

시간이 지날수록
더 단단해 지리라
착각하지 마라.

애써 외면해도
시간은 흐르고
그리움은 모일수록 커질 테니

숙명宿命이다

가끔은 그리움이라 불러 본다

기억해

가슴을 후벼 파고
녹즙 만들 듯
사연들을 갈아 댄다

잠시도 가만있지 못하던
그 방랑의 시간이
휩쓸고 지나갔던 숱한 흔적들
몹시도 아파

왜 너는 거기 있을까?

방랑과 방황 사이
그 중간 어디쯤
나의 청춘이 묻혀있지

추억이라는 덫에 가끔 일부가
드러날 때도 있지만
오롯이 아픔일 그 시간들

망각이라는 허울을 쓰고
추억으로 포장될까
두려움이 앞서
아픔은 아픔일 뿐이지

나는 왜 그곳만 바라볼까?

가끔은 그리움이라 불러 본다

그리움

그리움의 시작은 기억이다
시간을 거슬러 과거에 닿으면
유년의 나를 마주한다

어둡거나 혹은 밝거나
좋거나 나쁘거나
불행했거나 행복했거나,

사람은 나이가 들수록 옛 기억들이
선명해진다 했다
커지는 그리움만큼 나이 들었음이다

불통의 원인

문틈으로 새어 나오는 불빛
틈새 찾아 온몸 비틀어 댄다
벌어진 틈만큼의 불빛

그들과 나 사이에 금을 긋는다
그들과 나 사이에
나와 그들 사이에
나와 그들 사이만큼 벽을 쌓는다

틈과 벽 사이에 불빛,
금을 긋는다

시인의 길

밥 먹으면서 밥상 위 찬들을 살핀다
무얼 먹을까 보다 이건 뭘 까가 먼저다

대문 밖을 나서면서부터
보이는 건 모조리 눈에 담는다
가끔은 버리는 것이 더 많다

책방에 가면 시집코너가 먼저다
뒤적이다 결국 시집 한 권 사 들고 만다

읽는 것이 사명이다
곧 잊히더라도 읽고 또 읽는다

원고지와 볼펜이 좋다
점 하나 찍을지언정 항상 옆에 둔다

시인은
꿈꾸면서도 시를 쓴다

시인의 길 2

그저 덧칠해진 멍에
숙명처럼 부여잡은
원고지며 펜들이
이토록 치열한 몸부림이 될 줄이야

후미진 골목길
겹겹이 둘러쳐진 일상이
거미줄처럼 엉켜진 전선들을
부여잡고 토악질한다

길은
처음부터
잘 들어서야 한다

최정희

약력

_ 계간화백문학 시 등단
_ 안양문인협회 이사 및 편집위원.
_ 글길문학동인회 부회장
_ 동서문학상 수필부문 맥심상(2012년)
_ 시집 : 『꽃이 보낸 편지 』

석양 외 8편

천상천하 유아독존의 몸도
사위어갈 때는
마음이 넓어지나 보다.

우주 가득 홍주를 퍼다 놓고
너도 한 잔
나도 한 잔
술 권하니

하늘이 취하고
바다도 취하고
나도 취하고.

후회

보고 싶다는 말
바람결에 들려와
그대 만나러
바람 따라 길 나섰네.

그대를 본 순간
몸과 마음이
서로 다투네.

그리움 가슴에 묻어두고
바람 따라 되돌아오네.

자벌레의 꿈

손톱만큼씩 나아갈 수 있는
아슬아슬한 곡예의 길이지만
이 길은 참나무길,
한 발 한 발 가다보면
언젠가는 숲에도 닿겠지요.

부디
잡지 말고
막지 말고
떨어뜨리지 말고
그냥 나를 지켜봐 주실래요?

바다의 뼈

어머니를 목욕시켰습니다.
평생 우리에게 눈물로 다 빼주고
앙상한 뼈만 남은 어머니,
맑은 물에 몸을 담그자
아직도 짠 물이 나옵니다.

어머니의 몸에는 알게 모르게 고인 눈물이
얼마나 더 남아 있을까요!

초교 동창생

따르릉~ 전화벨 소리가 고요를 깨뜨린다.
생소하여 광고 전화려니 무심코 넘겼다
따르릉~ 두 번째 울리는 전화 궁금하여 받아보니
건너편의 생소한 남자가 해라체를 불쑥 뱉는다.
순간, 삼십년 세월이 훌쩍 훌쩍 널뛰기를 한다.
누구였더라? 어떤 얼굴이었더라?
아무리 더듬어도 기억은 가물가물.

잠자던 영혼에 초록 물 곱이곱이 풀어내어
가느다란 선을 잇는
저기
저기
다정한 내 유년의 남자여!

침묵의 강

큰 강은
흘러든 물줄기를 탓하지 않고
맑은 물이든
흐린 물이든
모두 안고 흐른다.

수많은 실개천을 끌어안은 큰 강이
가끔씩 돌을 삼켜 쿨럭이다가도
다시 침묵하며 흐르는 것은
맑은 물과 흐린 물의 화합과 정화를
보고 싶어서이리라.

사랑 4

파도는 섬을 가지려고
부딪치고
입맞춤하고
죽어라 스며드네.

하얀 꽃송이
끊임없이 바치네.

초점 맞추기

카메라 렌즈의 벽을 세우고 꽃에 다가간다
좀 더 선명하게 보려고 꽃 가까이 다가가면
심하게 흐려지는 꽃,
상대와 적당한 거리를 두어야 하는 것은
우리 사는 세상과 똑 같다

그동안 우린 서로 더 잘 보겠다고
너무 가까이 다가가지는 않았는지
장치를 많이 하면 고급스러워진다고
우리 사이에 너무 많은 벽을 세우지는 않았는지.

파도와 나

되돌아갈 줄 알면서도
온다.
물보라 일며 다가와
두 발 흠뻑 적셔놓고
되돌아갈 줄 알면서도
이렇게 오는 일.

물거품인 줄 알면서도
처얼썩 처얼썩
잘도 안겨와 부딪는다
그래도 좋다
그래도 좋아
파도로 가슴 패이고
숯검정이 되어도 좋다
파도가 좋으니
내가 좋으니
서로 이 정도면 그냥 족하리.

최태순

약력

_월간「문학세계(201호)시부문 등단
_ 월간「문학세계」회원
_ (사)세계문인협회 회원, 글길문학 동인, 안양문협 회원
_ 문학세계 신인문학상 수상
_ 월간 문학세계 2011년 10월호 내사랑 그대에게 외 2편
_ 현)청평고등학교 교사(수학)

가을날 외 9편

환하게 뜨겁던 여름날을 보내고
가을을 타고 우주가 새롭게 탄생합니다.

새 하늘을 창조하신 이가
가을날을 지으시고 하늘을 아름답게 수놓습니다.

푸른 하늘은 드높이 찬양하고
들판은 시원한 바람과 함께 출렁거리고
나뭇가지에는 아름다운 열매로 익어가는 계절에
형형색색의 옷차림으로 가을 향연을 꽃피웁니다.

가을의 입맞춤으로
창조하신 자의 즐거움을 찾아
그대와 난, 숨바꼭질 속에 보물을 얻습니다.

홍보석, 옥보석, 남보석, 황보석으로 한
당신을 보면서 그대와 나를 향해 손 발짓하며
다가오는 엄숙한 시간으로 초대받습니다.

황홀한 메달을 위해

아름답게 집을 짓던 시간을
이제는 마무리하고 모든 것을 내려놓는 순간입니다.

외로움은 오랫동안 당신에게 머무를 것이지만
너무 슬픔에 잠기지 마세요.
그 고독함이
그대와 나를 이기는 승리의 비결인 것을
너무 불안하여 이곳저곳으로 헤매지 마세요.
그대와 나를 기다리는 새 하늘과 새 땅이 오니까요.

감각의 제국

아무 말 없이 대지를 바라보며
아무 생각도 없이 하늘을 우러르며
감미로운 제국의 움직이는 소리를 듣습니다.

무한한 제국의 소리는
아름다운 음악 소리와 함께
가슴 속으로 울림이 되어 머리에 저장됩니다.

높고 높은 푸른 하늘의 은하수와
대지에서 솟아나는 식물의 합작품과
바람 숨결에 새소리 물소리를 들으며
잊어버린 제국의 소리를 찾아서
한 폭의 그림과 작곡으로 펼치렵니다.

제국의 소리를 담아낼 때
내 안의 부질없는 욕심은 사라지고
죄악과 사망의 그늘에서 벗어나
한량없는 사랑만으로 피어나고 오르렵니다.

제국의 소리를 찾아낼 때

멀리서 들려오는 감각의 소리와
가까이서 찾아오는 촉각의 소리에
그 음성을 듣고서 기쁨의 나래를 펴렵니다.

제국의 소리를 두드림으로
내 안에 간직한 한 움큼의 진동은
따스한 손길로 어루만져 주는 고요한 가슴에
폭포수의 물줄기처럼 시원합니다.

그대는 꽃

그대는 아름다운 꽃처럼
피어올라 세상의 밝은 등불이 됩니다.

한 송이 꽃을 피우기까지는
모진 세월을 초월하고
그 속의 자기 사랑으로 심어 있기에
별처럼 반짝거리며 하늘을 바라봅니다.

하늘에서 보내 준 사랑으로
하늘을 향하여 바라보고 있노라면
꽃봉오리 속을 한 겹씩 벗어버리고
두꺼운 고통의 멍에를 잊고서 즐거움으로 노래합니다.

한 송이 꽃을 피우기까지는
어두운 환란이나 고통이 없다면
끝내 증오와 분노로
그 꽃은 시들어서 죽어버리겠지요.

꽃이 된 당신은
부족한 마음보다는 만족한 사랑을 갖고서

세상을 향하여 행복으로 노래하세요.
그러면 아름다운 꽃의 모습으로 내보입니다.

그대의 아름다운 꽃은
하늘에서 들려오는 참다운 소리를 읊조리고
땅에서 움직이는 소리를 듣고서
겸손하게 무릎을 꿇고 기도하겠지요.

꽃망울이여, 피어라

긴긴 세월 속에 기다리는 시간
시간의 그리움에 피어나는 꽃망울
그 순간에
시간의 연속성이 없다면
꽃망울은 피어나지 못하였노라.

아름다운 꽃망울은
나무의 끝자락에 흐트림 없이
가지런히 틀을 잡고 올려놓기까지
미세한 미풍에도 노심초사하였노라.

올망졸망한 꽃망울은
따뜻한 기운이 솟아오르기까지
지고지순한 사랑의 생명을 얻었기에
많은 인고의 세월을 보냈었노라.

보드라운 꽃망울은
땅에서 올라오는 물줄기를 마음껏 마시고
하늘에서 받아 내리는 빛줄기에 찬양하며
동서남북에서 불어오는 고요한 바람으로

꽃 맵시를 지닌 채 오순도순 모여 이야기를 나누는 모습이어라.

사랑스런 꽃망울을
보고 또 보고 있노라면
삶의 여정에서 큰 울림으로
내 마음 속에 피어오르는 비밀의 화원으로
치유와 기쁨의 실마리가 되어 주노라.

나무는 성장하면서 굵어진다

밤에는 촉촉한 찬 이슬에 머금고
낮에는 따스한 햇빛에 한 번 더 적시어서
춤을 추며 노래 부르며 하늘거립니다.

땅에 기댄 채 서 있는 모습에서
하늘과 땅을 향하여 감사제를 올리고
즐거움과 행복을 찾아 새 노래를 듣습니다.

흔들리는 바람 속에 휘젓거리고
천둥과 번개소리 아랑 곳 하지 않아
담대하게 서 있는 그 자리는
바로 나의 자리였기에 장성할 수 있습니다.

하늘에서 내리는 꽃비는
내 이마에 맞닿아 발까지 스며들고
흥건하게 젖어 시원한 휘파람을 불어내어
거기에 앉은 인생들에게 이야기를 듣습니다.

언 땅에서 오는 삭풍은
죽을지언정 쓰러지지 않습니다.

내 얼굴은 언제나
가냘픈 몸매와 어깨를 자랑하지만
끝없이 이어지는 꽃 맵시에 휴식을 찾을 겁니다.

내 마음은 언제나
온통 하늘에 햇빛만 가득하지는 않지만
오늘도 성장하며 굵어질 겁니다.

날아가는 새를 보라

고요한 아침 햇살에 반짝이며
재잘거리는 새 소리에 눈을 뜹니다.
반갑게 들려오는
미풍 속으로 하루가 시작됩니다.

날아가는 새는
어제의 그 새가 아니며
오늘 새롭게 맞이하는 자유로운 새로 탄생합니다.

새는 날아가면서
괴로움도 슬픔도 잊고 사는 가 봅니다.
언제나 높고 높은 하늘을 날면서
뒤돌아보지 않습니다.

날아가는 새는
푸른 꿈과 희망을 안은 채
앞으로만 바라보며 힘껏 날갯짓합니다.

새가 바라보는 세상과
인간이 바라보는 세상의 차이가 무엇인가요?

새는 날아가면서 뒤돌아보지 않지만
인간은 늘 뒤돌아보는 탓에 죄인이 됩니다.

세상의 염려와
세상의 재물의 유혹에 빠져
벗어나지 못한 채
그 보배로운 마음을 땅에 묻고 삽니다.

내 잔이

넘치기를 원합니다.

모든 일에
기쁨이 넘치고
활기가 넘치고
미소가 넘치기를 원합니다.

이제부터는
미소로 시작되는 하루가 되기를 원합니다.
상대방의 말에 진실한 마음으로 경청하기를 원합니다.
잔잔한 미소로 겸손하게 배움의 잔이 넘치기를 원합니다.

행복이 가득한 울타리에서
가까운 사람들에게도 상냥하기를 원하며
자신이 원하는 사람이 될 때까지는
내 잔 안에 사랑으로 자존감이 넘치기를 원합니다.

항상 승자처럼 보이도록
시간마다 즐거운 일을 함께 하며
살아 있다는 즐거움 속에 큰 기쁨을 가지고

하루에 작게는 한 번이라도 나를 찬양하기를 원합니다.

모퉁이돌이 되는 삶이라도
은혜와 진리 안에서 참 자유 누리기를 원하며
이로써 아름답게 오랫동안 계속되기를 원합니다.

단풍 속으로

아름다운 단풍잎 사이로
살포시 내민 조용한 품성
그 속에서 미끄러지듯이
잔잔하게 내리는 빗소리를 듣습니다.

비가 들려주는 소리는
바람과 함께 움직이는 예스러운 소리로
마음과 입이 하나가 되어 읊조립니다.

가락에 맞춘 단풍소리는
나의 영혼을 깊은 잠에서 깨어나게 합니다.
메말랐던 감성이 촉촉하게 솟아나
고요한 단풍숲으로 나는 가렵니다.

누구의 것이라 할 수 없는
자연의 아름다움과
힘차게 부르는 찬가 소리
단풍잎 간의 다독거리며 움직이는 그 속삭임

그대를 바라보고 있노라면
청순하고 산뜻한 아름다움의 자태에

그 아름다움도 그 속에 비추고 있음을
알아 갑니다.

여기서 바라보노라면
단풍잎 끝자락에
한 방울씩 떨어지는 그 열쇠 소리에
세상을 향하여 위풍당당한 행진곡으로 뿜어냅니다.

단풍은 이별입니다

가을은 단풍의 시간이라
산과 물이 있는 곳이라면
나뭇가지 위에 피어난 형형색색의 빛깔들,
여인들의 목처럼 아름답습니다.

나뭇가지 위에 솟아난 그 아름다움은
이 세상을 창조하기 위하여
섬섬옥수처럼
마지막에 남은 가느다란 한 떨기 잎도 진한 빛을 발합니다.

추운 바람이 불어올 때
화려한 유혹도
엄청난 자산도
그 위대한 힘을 잃어버리고 땅 위에 흩어져 내립니다.

단풍은
하늘과 땅을 향하여
휘날리며 떨어지는 날개 소리를,
땅 위의 밟히는 소리를 내면서 그 영혼은 웁니다.

단풍은 말하기를
이별은 아름다움이라고
고백하는 소리를 듣고서
내 마음은 눈 빛깔처럼 차갑게 다가옵니다.

또 한 편으로는
긴긴 겨울을 덮고서
새롭게 입맞춤하는 역사의 힘을 내딛고
내일을 기약하며 상상의 힘을 길러낸다고 말합니다.

마음의 즐거움은

어디서 찾아야 할까요?
움직이는 잘못된 습관의 노예로
하늘과 땅은 어둠의 골짜기 속에 파묻혀 버려
험준한 산령을 넘어가기 전에 등골이 휘어버립니다.

마음속의 즐거움으로
내 마음을 바라보며 찾는 것이라면
반짝거리는 은하수처럼
날마다 희망별이 되어 설렘을 얹어줍니다.

남의 허물을 비난하기 보다는
먼저 값진 지혜를 발휘하여
그 사람 모퉁이에 아름다움의 모습을 찾아본다면
당신이 돕고자 하는 하양 진주가 숨 쉬고 있음을 발견합니다.

업신여기며 함부로 대할 때마다
뉘우침이 없이 잘못된 습관의 노예가 되어서
영혼의 안식처인 피난처에
마음의 근심으로만 쌓여져 영원한 패배자가 됩니다.

진정한 승리자의 기쁨은

내 안에 자리 잡은 나쁜 카드를 버리고
믿음과 소망과 사랑으로 자기 관리의 디딤돌로 삼아
은혜와 진리 안에서 자유를 누린다면
마음의 즐거움은 얼굴을 빛나게 합니다.

【동인문단】 수필

김근숙

김용원

민경희

백옥희

이향숙

김근숙

약력

_ 한국방송통신대학교 국문학과 졸
_ (현) 농림축산검역본부 재직
_ (현) 고려대 시창작반 재학중
_ (현) 한국스토리문학협회 회원
_ (현) 한국플라워디자인협회 회원
_ (현) 안양시꽃예술연합회 이사
_ (현) 뿌리플라워 회장
_ 글길문학동인회 동인
_ 제35회안양시여성백일장 입상

엄마표의 손 만두

이른 아침부터 찜통에 마보자기 깔고 엄마표 손 만두를 찐다. 하나, 둘, 개수를 세어가면서 가지런히 진열하여 정성껏 놓는다. 신랑도시락을 먼저 싸주고, 터지고 찌그러진 만두는 남는 것처럼 연기하면서 내 도시락도 포장한다.

우리 엄마의 손 만두를 먹는 일도 편하지 않는 며느리 마음이다. 아슬하게 통과되는 힘든 출근길은 만두먹을 기대감에 위로가 된다. 엄마 손 만두를 먹을 때마다 그리운 엄마! 가녀린 엄마를 불러본다.

냉동고에는 일 년 내내 엄마의 손 만두가 웃고 있다. 겨울철 묵은지로 만든 김치만두, 돼지고기 다져서 만든 고기만두, 봄철 첫 수확으로 만든 부추만두, 여름철 호박채 썰어 만든 호박만두 등, 골라먹는 기대감에 행복하다. 엄마 손은 요술쟁이 같다. 만두모양도 둥근 것, 반달, 네모, 세모, 보자기 묶은 모양……. 참으로 재밌는 만두 퍼레이드가 펼쳐진다.

마트 냉동코너마다 각종 만두가 선택해 달라 고개를 내밀고 있다. 김치만두, 왕만두, 물만두, 납작 만두, 군만두, 감자만두, 방울만두가 고개를 내밀고 애교를 떨어댄다. 딸을 위해 물만두 선택, 아들을 위해 납작 만두도 선택해 준다. 내 입맛을 행복하게 해주는 만두는 역시 엄마표 손 만두다.

어릴 적 명절을 대비하여 하루 종일 둘러앉아 만두만 만든 기억이 난다. 온 식구와 앞집, 옆집 아줌마까지 오셔서 만두를 빚는데 하루가 걸렸다. 지금은 그 많은 만두를 무릎도 안 좋으신 엄마 혼자 빚으신다. 하루 종일 빚어 놓은 만두는 냉동실에서 시집 간 딸을 기다리고 있다. 오매불

망 그리움으로 만두는 꽁꽁 언 채로 냉동실에 쌓여져 간다. 일 년에 열 번도 못 오는 딸을 기다리는 엄마의 손 만두다. 엄마의 손 만두는 봄, 여름, 가을, 겨울 도시로 여행을 즐긴다. 텅 빈 냉동실은 다시 엄마의 손 만두로 정성껏 채워져 간다. 일 년 내내 만두 빚으신 엄마 무릎은 이제 고통스런 메아리로 전해져 온다. 메아리의 화답으로 물리치료기와 고급 관절약들을 실어 보낸다. 엄마의 손 만두 만드는 일을 그만하라 당부 드린다. 그래도 엄마의 손 만두는 늘 입가에서 행복을 기다리게 한다.

　비가 오는 날이나 추운 겨울이 오면 더욱 먹고 싶어지는 만두국! 얼큰한 만두국이 그리운 날이다. 염치는 없지만 앞으로도 엄마의 손 만두를 계속 먹고 싶다.

김용원

약력

_ 문예사조 등단
_ 안양문인협회 이사, 한국문인협회 회원
_ 현) 글길문학회 회장
_ 현) 휴먼테크놀러지(주) 대표이사
_ 시집:「내 삶의 나무」,「그대! 날개를 보고 싶다」

운수 좋은 날

바람이 시드렁 시드렁 문지방을 놀러 오던 날, 그래도 절약 정신이 철두철미 하게 박힌 상원이는 오랜 시간 5,000하던 남성 커트 전문점이 6,000원으로 가격인상을 했다. 오늘은 왠지 다른 곳에 가고 싶은 생각으로 가득했다. 내심 더 싼 곳은 없을까 생각에 잠기다, 그래 바람처럼 오늘은 이 거리를 걸어보자. 몇 군데를 두리번거리다 보니 한 곳은 샵 간판이나 유리창에 금액이 적혀 있지 않아 물어 볼까 하는 마음에 몇 번……

가슴은 벌써 샵 안의 아가씨에게 "얼마입니까?" 하고 외쳐 보지만, 도저히 들어갈 엄두가 나지 않아서 서성이다 다른 곳을 알아본다는 일념으로 발길을 돌린다. 분식점을 돌아 홍어집을 지나 문구점 앞에서 두리번거리다 보니 2층에서 미용실 마크가 앰브런스처럼 회전을 하면서 나의 눈에 들어온다. 그래도 조금은 다니던 부대찌게 집이 있는 2층이라서 안도감으로 선뜻 올라본다. 그곳은 마침 가격표까지 샵 천정에 매달려 나의 눈을 사로잡는다.

'5,000원 아하! 그래 내가 찾는 곳이구나.'

다른 생각일랑 혹은 아무런 사심 없이 문을 열고 들어섰다. 마침 그곳에는 분식점에서 몇 번을 마주한 이웃인 택견 관장님이 계셨고 미용실 주인인가 하시는 분은 나를 보고 잡상인 양 두리번거린다.

상원이는 이상한 생각에 머리 깎는 집에 '머리 깎으러 왔습니다.' 하고 씩씩하게 말을 하고 웃음까지 던진다. 주인은 자리를 안내했고 상원은 웃옷을 벗고 자리에 앉아 미소까지 지어 보이고 이웃에 저렴한 곳이 있었는데 이제야 알았다고 새삼 넋두리를 풀어 놓는다.

주인은 무슨 소리를 하는지 지금까지 이 금액을 받았고 다른 샵 하고는 차별화로 영업을 한다고 했다.

주인 왈, 방송국에서는 취재도 했다고 했다. 이유를 들어보니 머리 비용이 너무 비싸다고 손님과 실랑이하다 법원에서 재판을 했다고 한다. 이게 무슨 말인지, 상원이는 정신이 혼미 해진다. 흔들리는 애드벌룬 같은 가격표를 다시 확인했다. 상원의 눈에는 믿기지 않는 가격표가 아른거리다 뭐지! 하는 생각들이 마구 머릿속을 파고든다. 5,000으로 본 가격표가 갑자기 50,000원 이다. 커트하는데 들어가는 비용이?

주인은 자랑스럽게 가격 얘기를 한다. 요즘 미용비용이 30%가 인상 되었다는 기타 등등, 헷갈리는 생각들을 잡아준다. 정말 50,000원 일까 커트만 하는데……? 의구심이 넘 들었다.

아무런 말 한마디 못하고 얼떨결에 어떻게 머리가 종료되었는지도 모르게 끝이 났다. 주인이 머리를 감겨주고 단정하게 머리에 바르는 걸 발라 주면서 머릿결이 넘 좋다는 말의 몇 마디는 귀에 맴도는 파리소리 처럼 싫었다. 드디어 긴장한 덩어리 가지고 계산대에 섰다.

상원은 내심 주인이 붙여 놓은 가격표를 '손님들 웃으라고 붙여 놓은 겁니다.' 이런 말이 들리기를 바라면서 귀를 쫑긋하며 기다린다. 주인은 드디어 금액을 공표를 한다.

"처음 오셔서 커트만 조금하셔서 30,000원 입니다."

"다음에는 50,000원 입니다."

주인은 대박 할인을 20,000원씩이나 할인 해준다. 상원은 주인이 너무나 좋았다. 속마음 들킬까봐 도망치듯 샵을 나왔다.

머리하는 동안 내내 무거웠던 마음을 시원한 바람이 반겨준다. 아내에게 전화도 하고 내심 세상에 자랑한다. 50,000원 하는 커트 한 번 해 봤다고……. 그리고 오늘은 정말 운수 좋은 날이라고……. 20,000원 이나 할인 받았으니?

詩讚 **민경희**

약력

_ 2009년 (사)한울문학 詩 부문 등단
_ 2010년 아띠문학 수필 부문 으로 등단
_ 2012년 (사)한국행시문학회 行詩 부문 등단
_ 글길문학동인회 총무
_ 제2회 한국식물박람회 전국자연사랑 시화전 대상 수상
_ 안양시 다문화가정지원센터 강사
_ (사)생명의전화 수원센터 실행이사
_ (사)지구촌가정훈련원 부부 및 가족관계치료사

거울도 안보는 사람

다사다난 하였던 한 해도 어느덧 11월로 접어들고 이제 서서히 한 해를 마무리해야 할 시간이 다가오고 있다. 오늘도 변함없이 이른 새벽 자리에서 일어나 조용히 마음을 모아 말씀을 묵상하며 나의 삶을 말씀에 비추어 본다.

나는 혹시 천국의 문을 막고 있는 자는 아닌가? (마23: 13)

나는 겉모습만 번지르르하게 치장하고 있지는 않은가? (마 23: 26)

나는 진정 나의 삶으로 여호와 하나님께 예배드리고 있는가?

많은 상처를 안고 살아가는 인생이지만 더 이상의 상처를 받지 않고 더 이상 실족하는 마음 없이 여호와 앞으로 가기 위하여 나는 오늘도 말씀을 묵상하며 거울을 보고 나의 몸을 깨끗이 하고 지저분한 것을 닦아내듯 말씀으로 나의 마음을 다시 한 번 닦아본다.

"틀린 것이 아니라 다른 것이다." 라는 말로 나 자신을 타이르며 다른 사람의 삶을 보지 않고 간섭 않으려 노력해 보지만 나 역시 온전하지 못하고 성숙하지 못한 사람인지라 그로 말미암아 결국 내 자신이 상처를 받게 되는 오류를 자꾸 범하고 있는 것이다.

언젠가 나에게 누군가 이런 말을 하였다.

"좋은 것만 보고 살아가세요." 과연 세상을 살아가면서 좋은 것만 보고 살아갈 수 있을까? 이 어렵고 혼란스러운 세상을 살아가면서 좋은 말만 들으며 살아갈 수 있을까? 아마도 절대 그렇게 살아갈 수는 없을 것이다 살아가노라면 때론 보지 말아야 할 것을 볼 수도 있고 듣지 말아야 할 것을 들으며 살아갈 수밖에 없는 것이 우리네 인생의 현주소이다. 그런 상황이 닥칠 때 어떻게 대처하여 나가야 하는 것이 개인의 책임이고 몫인 것이다. 얼굴에 지저분한 것이 묻어 있어도 거울을 보지 않거나 누가 말해 주지 않는다면 모르는 것처럼 자신이 한 행동이나 말에 대하여 잘, 잘못을 자신은 모르는 것이 거의 일반적이다. 왜냐하면 자신의 일방적인 생각이나 마음이 마치 진리이고 정석인 것처럼 모두들 그렇게 세상을 살아가고 있기 때문인 것이다.

세상에는 세상 모든 사람들이 동의하고 인정하는 기본과 기준이라는 것이 있다. 그 기본과 기준을 벗어난 것은 모두가 다 개인의 의견이고 생각일 뿐이다. 그런데 자신의 생각과 마음먹은 말과 행동이 마치 정석인양 자신의 잣대로 다른 사람의 삶을 좌지우지 하려고 하는 것은 오만이고 편견이다. 나 역시도 한때는 그러한 삶을 살아가며 주변의 사람들, 특히 나의 가족들을 너무나도 힘들게 하였던 적이 있었다. 그러나 말씀을 묵상하는 가운데 그것이 얼마나 교만한 삶이며 얼마나 어리석은 삶인지 깨달음을 통하여 통회자복하며 진리 안에서 자유로운 삶을 살아가려 노력하며 애쓰고 있지만 죽지 않고 살아있기에 어쩔 수 없이 부딪치며 스스로 상처를 받고 있는 것이다. 상처를 주는 사람은 절대 모른다. 왜냐하면 자신의 기준에 맞추어 그것이 곧 사랑이고 진리이기 때문이다. 상처는 전적으로 받는 사람의 몫인 것이다. 거울을 보고 지저분함을 닦아내듯 자신의 마음먹기에 달린 것이다. 그런데 여기서 문제는 자신의 무의식 속에 존재하고 있는 무의식 자아가 자신도 모르게 작용을 하여 스스로 상처를 입히는데 문제가 있는 것이다.

그것을 전문 용어로는 *트라우마이다. 트라우마는 선명한 시각적 이미지를 동반하는 일이 많으며 이러한 이미지는 장기 기억되는데, 사고로 인한 외상이나 정신적인 충격 때문에 사고 당시와 비슷한 상황이 되었을 때 불안해지는 것을 말한다. 또한 트라우마 로 말미암아 생존본능에 의하여 다른 사람에게 피해 아닌 피해를 주니 그것이 문제인데 본인은 전혀 그것을 모르고 살아간다는 것이다. 지금 자신의 상황을 한 번 점검하여 보라. 무엇이 자신을 힘들게 하며 괴롭히고 있는지…….또한 그것으로 말미암아 혹여 다른 사람을 힘들게 하며 괴롭히고 있지는 않는지……. 자신이 가지고 있는 트라우마는 그 무엇으로도 보상 받을 수 없고 치료 받을 수 없다. 오직 자신의 의지만으로 보상 받고 치료할 수 있는 것이다. 그것은 이 세상 그 누구보다 자신이 자신을 잘 알고 있기 때문이다.

이런 대중가요도 있지 않은가? '내가 나를 모르는데 네가 나를 알겠느냐?' 아침에 일어나면 거울에 비친 자신의 모습을 보고 닦고 고쳐 나가듯이 나는 오늘도 말씀을 묵상하며 나의 삶을 말씀에 비추어 본다.

* 트라우마(trauma)는 의학 용어로 '외상外傷' 을 뜻하며. 심리학에서는 '정신적 외상', '영구적인 정신 장애를 남기는 충격' 을 말한다.

백옥희

약력

_ 방송통신대 졸업
_ 글길문학동인회 동인
_ 수원 한글날기념 시낭송대회 동상
_ 오산시낭송대회 장려상

완전한 사랑

아기가 태어나면 온 집안에 기쁨과 생기를 준다. 처음에 아기는 잠자는 시간이 많다. 엄마도 휴식하는 시간이 많다. 차츰 모유 먹는 시간과 자는 시간도 비슷해진다. 두어 달이 지나면 고개를 가누고 엄마와 눈을 맞추고 옹알이도 한다. 이때 엄마는 세상 부러워할 게 없다.

차츰 아기를 안은 팔에 아기 몸무게가 느껴지고 아기는 모빌을 보고 노는 시간이 늘어난다. 고개를 들고 물체를 쳐다보기도 하고 허공에 사지를 흔들어 보기도 한다. 엄마는 다정하게 아기 이름을 부른다. 아기는 음성을 듣고 반응을 하고 다른 사람과 낯을 가릴 때 울음으로 의사 표현을 한다.

식욕이 좋아지고 맛을 느끼는지 귤을 입에 대면 얼굴을 찡그려서 아주 귀엽다. 몸 뒤집기를 하고 배로 밀며 방을 기어 다닌다. 모유와 연한 이유식을 먹이며 젖 먹이는 횟수를 줄여 간다. 기어가다 손에 닿는 것은 무조건 입으로 가져가서 청결에 신경을 써야 한다. 어느 날, 기다가 앉게 되면 곧잘 넘어져 머리 방아를 찧어서 엄마를 깜짝 놀라게 한다. 차츰 이동 양이 많아지면 다리에 힘을 키우려고 보행기를 사 와서 앉히고 다리에 힘을 키운다. 직립 보행의 시작을 알린다. 이때 아기는 잇몸이 단단해지고 이가 나면서, 침을 흘리고 젖을 먹을 때 젖꼭지를 깨물어서 엄마의 건강이 염려된다. 아기 먹성이 늘어나서 엄마의 젖 양으로 욕구를 못 채워 줄 뿐만 아니라 젖 빠는 힘으로 벌어진 상처가 아프다.

엄마는 단행한다. 젖 뗄 시기라고 생각하고 아기가 젖을 멀리하도록 쓴 약을 바른다. 아기는 젖을 물었다가 당황한다. 달콤하던 엄마의 젖이 써서 뱉어내며 울어 버린다. 우는 것이 제일 좋은 방어란 것을 아는 게지요. 우는 아기를 보고 엄마는 마음이 아파서 그날은 더는 약을 바르지 못한다. 그만 아기에게 졌다. 엄마의 마음을 아기도 알아간다. 젖을 빨지 않고 제 마음만 추스르며 만지작거린다. 엄마에게 배척을 받지 않아서 안심이다. 그러나 엄마는 강하게 계획을 진행한다. 아기의 건강이 먼저이기 때문이다. 빨간 소독약을 유두에 바른다. 아기는 혼자 놀다가도 엄마의 가슴을 헤치고는 멈칫한다. 아기도 엄마도 기세에 지지 않는 순간이다. 아기의 울음인가 엄마의 사랑인가 가름이 나야 하니까. 그 둘 사이에 엄마 손에 들려진 이유식이 있다. 엄마는 수저로 떠서 아이게 내민다. 아이는 손사래로 쏟아 버린 엄마의 인내와 사랑이 계속 이유식을 먹이려고 아이를 달랜다. 아기도 먹을 것이 이유식임을 깨닫고 젖을 포기하는 서러운 울음을 울다 멈칫 멈칫 냄새를 맡아보다가 받아 먹는다.

잘 되었다. 둘 다 승리 했다. 이것이 비단 아기와 엄마에게만 연유 되는 것일까? 대인 관계도 연인도 이런 단계를 지나 서로 격려하고 지지하는 완전한 사랑을 해야 된다. 난 이런 사랑을 한다. 이유식을 먹는다고 엄마가 없어지거나 버려지는게 아니다.

이제 아장아장 걷게 되자, 집 앞 놀이터에서 논다. 어느 날 그곳을 이탈해서 상가 장난감 가게를 혼자 기웃거리다가 가게 주인이 '많이 컸구나 혼자 놀러도 다니고' 라는 한마디에 용기 내어 안으로 들어가서 포크레인, 트럭, 장총, 칼 등을 만지며 놀다 엄마 손에 이끌려 오곤 했다.

어느 날, 가게에서 노는 것을 보고 잠시 옆 세탁소에서 남편의 양복을 찾아왔는데 아이가 없어져서 찾으러 온 동네를 발이 부르트도록 헤매고 가슴이 바람에 뚫리고 하늘이 노랗게 무너지는 듯이 낙락에 떨어졌지. 향상 곁에 함께 하는 것이 어떤 것인지? 잃어버림 어떻게 황망한지? 아기는 애태우며 찾는 것도 모르고 어디 있을까? 차가 내달리는 신작로에 갔을까 손목을 잡고 시장에 간 적이 있었는데, 늘 탐내던 이웃 동네 할머니의 얼굴을 잘 기억해 놓을 것을……

불길한 모든 것들이 내 얘기가 몇 시간 늦게 당도하는 파출소 경찰도 야속하기 그지없었다. 그런데 놀이터 건너에서 옆 동에 사는 민준이 엄마 팔에 안겨 저쪽에서 오고 있는 것을 경찰이 보고 '쟤 아닌가요?'하는 소리도 얼른 알아듣지 못했지. 아이가 웃으며 나를 보고 있을 때 쏜살같이 달려가서 와락 뺏어 안고 '끙끙' 소리 내는 너를 꼭 껴안고 풀어 주지 않았다.

엄마와 아기는 이 일이 공동 사건이 되어 신뢰가 더욱 깊어지는 완전한 사랑을 합니다. 아기는 민준이가 포크레인을 사가지고 가는 것을 뒤따라 갔을 뿐이었다.

이향숙

약력

_ W2H스피치교습소 원장
_ 경기도학생상담자원봉사
_ U&I학습·진로상담전문가
_ 글길문학동인회 동인
_ 제35회안양시여성백일장 시부문 우수

놀멍보멍무아지경

혼자 비행기를 탄다는 것부터 도전이었다.

8년 전, 중 2인 아들과 여행사를 통해서 다녀온 일본 여행을 끝으로 지내오다가 지난 오월 중순께 문득 홀로 여행에 도전해 보고 싶은 맘에 서둘렀다. 괴나리봇짐을 싸두고 얼마나 걱정이 되었던지 떠나기 전날 밤 이상한 꿈까지 꾸는 등, 몸 상태가 좋지 않았다. 비행기만 혼자 타는 게 아니라 공항 리무진도 처음 타게 되었다. 그땐 남편이 공항까지 에스코트해주었기 때문이다. 공항까지는 약 40분이 소요되는데 얼마나 서둘렀던지 이륙시간 2시간 20분 전 도착했다. 여유로운 시간 덕에 전자발권을 하고 제주관광지도를 받아 가방에 넣고 간단하게 점심을 해결하고 탑승절차를 기다라며 겁 많은 내가 이렇게 혼자 여행을 감행하다니 대견하단 생각이 들었다. 사실 작년 8월 말 제주로 이사 간 독서회 지인이 아니었다면 엄두도 못 내었을 일이다.

제주행 비행기의 우측 12번 창가에 앉았다. 이륙할 때 어지럽고 아찔한 게 나도 모르게 '엄마' 라는 소리가 작게 나왔다. 커피 한 잔과 물 한 잔을 마시고 구름과 비를 구경하노라니 금세 제주 공항에 도착하였다.

24년 만에 다시 찾은 제주는 평화롭고 느리고 행복한 기운이 느껴지는 도시이면서 시골이었다. 지인 부부가 운영하는 밥집으로 버스를 타고 이동하는데 바다가 보인다. 바다는 언제 보아도 기분이 고요해지고 푸근해져 안기고 싶은 엄마 품 같다.

첫날은 지인이 운영하는 순대국밥 집에서 일손을 거들며 지냈다. 둘째 날, 아침을 간단히 먹고 걷기 위해 스틱을 들고 나섰다. 수원지라고 표시된 곳에 형형색색의 꽃들이 반짝반짝 빛나고 있었다. 얼마나 빛이 나던지 발걸음을 멈추지 않을 수 없었다. 사진을 찍어 남편과 아이들에게 3장씩 보내주고 '외도 물길 20리' 안내판을 보며 걷기 시작했다. 앞에서 50대 후반쯤 되어 보이는 여성이 씩씩하게 걸어온다. 인사 건네며 길을 물으니 친절하게 답해주고 간다. 외도 물길 20리는 2014년 외도동에 8Km 코스로 물길 따라 20리를 조성했다고 한다. 가다 보니 아름드리나무가 270년 명패를 걸고 서 있다. 어떤 나무는 올라가 앉아 보고 싶도록 의자처럼 생겼다. 혼자 걷는 이, 멀리 바다 낚시하는 이, 강아지 데리고 산책 나온 이들을 지나며 바다를 보니 은빛 물결과 옥빛, 쪽빛 물결이 어우러져 넘실거리고 작은 파도가 일렁여 포말을 만들어 내는 정경이 아, 어느 누가 그냥 지나칠 수 있으랴. 문득 이곳으로 이사 오고 싶단 생각이 올라온다. 그 순간의 감상을 어쭙잖은 시로 지어 본다.

무아지경

바람 간지러움에 미소 지어지고
파도 노래 들으며 흥얼흥얼 추임새 절로 나오네

주인과 산책 나온 목줄 없는 강아지와 인사 나누느라 걸음 멈추고
나도 좀 보고 가라 살랑거리는 나뭇잎에 좀 더 다가가니 음 싱그런 향내
풀잎에 맺힌 이슬 보며 천천히 더 천천히 걷노라니

이름 모를 새들 청아한 지저귐 소리
황금 보리밭 옆 지나노라니
수런수런 보리들 정겨운 수다

걷는다. 미소 지으며 걷는다.

걷는다. 무아지경에 빠져 걷는다.

스틱 한 자루에 의존하며 걸었을 뿐. 겁 많은 나는 아무것도 생각하지 않았다. 아니 생각할 수 없었다. 그 무엇도 생각나지 않았기 때문이다. 그래도 두렵지 않았다. 덕분에 심연의 두레박을 타고 올라오던 시름은 길을 잃는다. 조용히 스며드는 그것이 감지되던 순간, 알았다. 이름 모를 새들의 소리가 정겹고 고아한 건 텅 빈 내 안에 다시 채워진 평안으로 말미암음이란 것을……

제주의 꽃과 나무들은 이상하고 신비할 정도로 저마다 반짝반짝 별처럼 빛났다. 그들만이 아니라 풀잎들도 보리들도 그랬다. 놀랍다. 자연의 위대함은 그렇게 조용히 나를 어루만져 주었다.

셋째 날은 '놀 멍 쉬 멍 둘레길' 17코스를 걸었다. 어제와는 달리 한적한 산길이었다. 혼자 걷는 이를 만나 인사를 나누고 다시 걷기를 한참, 큰 도로가 나왔다. 차들이 쌩쌩 달리는데 좀 무섭다는 생각이 그제야 들었다. 다시 좁은 길을 선택해 광령에서 외도동 간 농노로 접어들었다. 오월의 햇볕은 따사로웠고 새들은 어제처럼 노래하고 여전히 제주의 시골은 평화 그 자체였다. 평소 잘 걷지 않는 내가 이틀 동안 총 열한 시간을 걸었다. 그날 밤 피곤하여 곯아 떨어졌다.

올라올 때는 좌측 31번 창가를 선택하였다. 날개가 보였다. 같은 항공사를 이용하였는데 조종사의 실력 차이인지 나의 몸과 맘이 갈 때와 달리 아주 편안했다. 아마 제주도가 나를 이렇게 만들어주었을 것이다. 고소공포증이 있는 내가 이착륙할 때 어지럼증이나 아찔함을 전혀 못 느끼고 매우 편안하게 돌아왔다. 그곳에서 만났던 좋은 사람들과 자연을 떠올려 본다. 자연의 이야기는 두고두고 에너지가 되어 오래도록 미소 짓게 한다. 다시 그들의 해맑은 웃음이 들리는 것 같아 집으로 돌아온 나는 늘 애청하던 음악방송을 일주일 동안 켜지 않은 채 지냈다. 종종 나는 생각한다. 여행 같은 삶을 살자고. 여행은 고단한 삶에 에너지를 공급해주는 종합비타민이다. 처음부터 어떤 고민이 있어 떠났던 것은 아니지만, 이번 여행을 통해 깨달은 것은 더 느리게 가야 한다는 것이다. 천천히 더 느리게 나는 천천히 둘러보고, 쉬어가며 들으며 놀 멍 보 멍 쉬 멍 그렇게 갈 것이다.

역대임원 명단동인 연락처

역대 임원 명단

회장/부회장/편집장/총무/감사(順)

초대(1981)	한석홍/김세진/이필분/이경희/이재선
2대(1982)	오명세/이동복/이필분/유영록/이선
3대(1983)	이한순/이동복/민옥순/송인숙/우태수
4대(1984)	이동복/박재성/민옥순/이명자/김은자
	박영환/박재성/이명자/원정섭/이필분
5대(1985)	박영환/이원규/유영록/노복임
6대(1986)	임승수/최재석/권인민/유명숙
7대(1987)	한석홍/정순목/이영미/장재훈/홍미자
8대(1988)	장영호/최재석/홍미자//박영환/이해화
9대(1989)	장영호/양한민/유명숙/이용호/백남미
10대(1990)	장영호/현종헌/박삼례/이형철/백남미
11대(1991)	이형철/권장수/한남순/최재석/장영호
12대(1992)	이형철/권장수/한남순/권장수
13대(1993)	이형철/권장수/한남순/이용호
14대(1994)	이형철/육성진. 김해숙/이국주/서경숙
15대(1995)	최재석/한상준. 김해숙/한상준/박현숙
16대(1996)	최재석/한상준. 김해숙/최낙완/이상근
17대(1997)	한상준/김해숙. 이상근/석철환/정용화
18대(1998)	한상준/김해숙/이상근/석철환/정용화
19대(1999)	석철환 한상준/김우경
20대(2000)	석철환 한상준/김우경
21대(2001)	석철환 한상준/김우경
22대(2002)	김기동/오영애.장호수/김용원/윤경희
23대(2003)	김기동/오영애.장호수/김용원/윤경희
24대(2004)	이원규/오영애.장호수/김용원
25대(2005)	이원규/오영애.장호수/김용원
26대(2007)	권장수/김용원 /김기동/유승희

27대(2008)   장호수/김용원,유승희/최정희/김은숙
28대(2009)   장호수/김용원,유승희/김용원/김은숙
29대(2010)   김용원/박공수,최정희/최정희/유승희
30대(2011)   김용원/박공수,최정희/이무천/유승희
31대(2012)   김용원/박공수,최정희/최정희/김은숙
32대(2013)   김용원/박공수,최정희/김은숙/
33대(2014)   김용원/박공수,신준희/김은숙/민경희
33대(2015)   김용원/박공수,신준희/김은숙/민경희

글길문학동인연락처

구분	성명	핸드폰	분야	E-mail
지도	김대규	011-344-2901	시	
자문위원	권장수	010-8485-3725	시	tksqhstlfla@hanmail.net
자문위원	이형철	010-8480-7436	시	kunpo58@naver.com
자문위원	최재석	010-7345-5006	시	kshc5006@hanmail.net
직전회장	장호수	010-4633-0581	시	jhs50009@hanmail.net
회장	김용원	010-3362-4991	시	ywon0724@hanmail.net
부회장	박공수	010-3783-3979	시	wheemory@hanmail.net
편집장	김은숙	010-6396-5405	시	pkes0405@hanmail.net
부회장	최정희	010-2773-6424	시	
부회장	신준희	010-2215-3141	시	lamb313@hanmail.net
총무	민경희	010-3383-0191	시	
편집위원	최영미	010-4393-7377	시	chdnjf12@hanmail.net
동인	강희동	010-6246-1370	시	halelruya3@hanmail.net
동인	권영란	010-6600-2299	시	rajaz98@hanmail.net
동인	김근숙	010-7315-8767	시	
동인	김춘정	010-3231-3485	시	
동인	백옥희	010-8937-9093	시	
동인	박재성	010-6247-7093	시	park01501@hanmail.net
동인	석철환	010-3064-0764	소설	seok0598@hanmail.net
동인	신종훈	010-7437-7865	시	
동인	소명식	010-9145-3672	시	sosang77@hanmail.net
동인	손흥기	010-5364-8118	평론	hk9627@hanmail.net
동인	유승희	010-7747-0056	시	
동인	이미선	010-5744-5160	시	
동인	이무천	010-3342-8274	시	mc8274@hanmail.net
동인	이상근	011-244-7484	시	
동인	이성호	011-9706-7665	수필	chungrimco@hanmail.net
동인	이승호	010-4205-8000	시	soungho-1961@hanmail.net
동인	이원규	010-4240-0592	시	one-q-lee@hanmail.net

구분	성명	핸드폰	분야	E-mail
동인	이연숙	010-2221-6763	시	dus6763@hanmail.net
동인	이현진	010-4763-8783	시	
동인	이향숙	010-3900-8816	시	
동인	최승민	011-891-5665	시	cisily@naver.com
동인	최태순	010-6430-8965	시	tschoi7433@hanmail.net
동인	한상준	011-9141-0505	평론	tanm0505@hanmail.net
동인	현종헌	010-5738-5929	수필	jejuisland@hanmail.net
동인	홍은희	010-6595-8770	시	

편 집 후 기

　글길문학 동인지가 벌써 42집이 발간되었습니다. 올해가 글길문학 창립 34주년 되는 해였습니다. 그 긴 시간동안 글길을 지켜온 모든 분들께 감사드리며, 올 1년간 갈고 닦은 여러분의 원고를 이렇게 엮었습니다.

　그동안 곁에서 지도해 주시고 조언 주신 김대규 선생님, 그리고 자주 모이지 못해 서먹해진 여러분께 원고를 부탁드리면서 좀더 열정적이지 못한 것이 아쉬웠는데, 선뜻 마음모아 원고를 내주시고 함께 해주신 동인 여러분 감사합니다. 글길문학에 관심 가지고 선뜻 축하글 보내주신 안양문협 박인옥 회장님 그리고 글 보내주신 여러 문학단체 회장님들께도 감사 말씀 드립니다. 마지막으로 책을 출판해 주신 도서출판 시인의 장호수 사장님께도 진심어린 감사의 인사를 드립니다.
　글길문학동인회가 더욱 알차게 성장하기를 바라면서 동인 여러분의 기대에 부응하려 노력했습니다. 다행히 이렇게 책을 엮을 수 있었던 것도 동인여러분의 마음이 하나하나 모여서 가능했습니다.
　여러분 감사합니다.

　　　　　　　　　　　　_편집장: 김은숙
　　　　　　　　　　　　_편집위원: 박공수, 신준희 일동

글길문학 제42집

소리로 오는 가을

초판 인쇄 2015년 12월 13일
초판 발행 2015년 12월 15일

발행인   김 용 원
편집장   김 은 숙
발행처   글길문학동인회
          tel 031-444-1833, 010-3362-4991
          카페 · cafe.daum.net/ggmh
북디자인 김 은 숙
인쇄·제본 (주)금강인쇄
펴낸 곳   도서출판 시인
          등록번호 제384-2010-000001호
          등록일자 2010년 1월 11일
          430-831 경기도 안양시 만안구 안양1동 668-27번지 B동 2층
          Tel 031-441-5558 Fax 031-444-1828
          E-mail : siin11@hanmail.net

ISBN 979-11-85479-05-7   03810

정가는 뒷표지에 있습니다.

※ 이 책은 2015년 안양시의 문예지원기금 일부 지원받아 제작되었습니다.